我是夏洛克福爾摩斯

吾輩はシャーロック・ホームズである

柳廣司

劉姿君 譯

目錄

出版緣起

駭High，在推理的迷宮中

編輯部

推理小說到底有什麼魅惑之力，能夠讓世界上無數的熱愛者爲之痴狂？是鬥智、解謎的樂趣？是抽絲剝繭，終於揭露眞相時豁然開朗的暢快？是驚歎於陽光之外人性潛伏的深沉危機與社會百態的詭譎複雜？還是感佩於作家布局的巧思或高超的說故事功力？

好的小說只有一個評斷標準——好不好看（用文言一點的說法是「引人入勝」）。有的小說好看得讓人不忍釋卷、廢寢忘食，非一口氣讀完不可；有的則是讓人捨不得立刻讀完，寧可一個字一個字細細地咀嚼品味。

好的推理小說更是如此。

在台灣，歐美推理和日本推理各擅勝場，各有忠實的讀者群。推理小說是日本大眾文學的兩大顯學之一，也可說是日本大眾文學極致發展最具代表性的成熟類型閱讀，不但各大出版社都闢有「Mystery」系列，培養出眾多匠心獨運、各領風騷，甚或年年高踞納稅排行榜前茅的大師級作者，如松本清張、橫溝正史、赤川次郎、西村京太郎、宮部美幸、東野圭吾、小野不由美等，創作出各種雄奇偉壯、趣味橫生、令人戰慄驚歎、拍案叫絕、甚或影響深遠的傑作；同時也一代又一代地開發出無數緊緊追隨、不離不棄的忠實讀者。而台灣，在日本知名動漫畫、電視劇及電影的推波助瀾下，也有愈來愈多人愛上日本推理小說的明快節奏與豐富的情報功能，閱讀日本小說的熱潮儼然成形。

二〇〇四年伊始，商周出版（獨步文化前身）推出「日本推理名家傑作選」系列以饗讀者，不但引介的作家、選入的作品均爲一時精粹，更堅持以超強的譯者及顧問群陣容，給您最精確流暢、最完整的中文譯本與名家導讀，眞正享受閱讀推理小說的無上樂趣。

如果，您是個不折不扣的推理迷，歡迎進入更豐富多元的日本推理迷宮；如果，您還是推理世界的新手讀者，正好奇地窺伺門內的廣袤世界，就讓「日本推理名家傑作選」引領您推開推理迷宮的大門，一探究竟。從一根毛髮、一個手上的繭、一張紙片，去掀開一個角，去探尋、挖掘、對照、破解，進到一個挑逗您神經與腎上腺素的玄奇瑰麗世界！

——夏目發瘋。

（一九〇二年，致大日本帝國文部省電報。發報地倫敦，發報人不明）

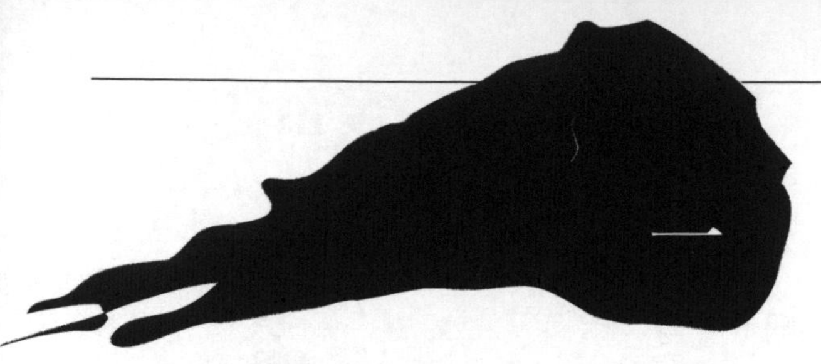

奇特的委託人

那奇特的委託人來到貝克街二二一號B座，是令人難忘的一九〇二年九月。

那天，我正坐在暖爐前的扶手椅上，享用著午餐後的菸斗和咖啡，耳中聽見玄關的門鈴聲後，繼而響起不規則的上樓腳步聲，隨即兩位年長的女士進了房間。

「您好，華生醫生。」

「今天，」

「我們倆鼓起勇氣，」

「來找醫生商量。」

她們朝著略有些驚訝的我輪流開口，以至於我的頭不得不隨著說話人左右轉動。

聲稱前來商量的兩位女士，年齡都是五十歲左右，褪了色的半白金髮緊緊盤在頭上，身穿簡樸但得體的相同服飾。她們的體格形成相當大的對照。一個是圓臉、體重恐怕有一百八十磅（註），豐滿肥碩；另一個像隻瘦雞的長脖子女性，體重恐怕只有同伴的一半吧。然而，儘管體形差距如此之大，五官卻十分相像，令人一眼便可看出兩人是姊妹。

我先請兩位女士坐了，看了她們遞給我的名片問道：

「那麼，是哪一位不舒服呢？里爾女士？」

「問我們」

「誰不舒服啊，」

「這個嘛。」

兩人又輪流簡短地說了話，對望一眼，露出和善的笑容。

「是膝蓋吧。」無奈之下，我便往看來年長幾歲的胖女士身上猜，「用不著您開口，從您上樓的腳步聲我也聽得出來。您的膝蓋以前是不是受過傷？每到這個季節，我以前在戰場上受的傷也會發疼……」

「有毛病的，不是我的膝蓋。」圓臉的里爾女士沉穩的藍眼睛露出笑意說道。

「哦？那麼，是您的腳踝嗎？」我問另一位女士。

「不，不是的。」瘦的里爾女士搖搖頭。

「我們想請您醫治的，」

「不是」

「我們。」

兩人接力說完，便微偏著頭般朝身後看。我隨著她們的視線看過去，這才發現，原來還有另一個小小的人影躲藏般地立在門後。兩位里爾女士一左一右在我耳邊悄聲說：

「其實，」

「我們在克萊芬公園那裡」

「有一小棟房子分租。」

「今天前來拜訪，」

「不為了別的。」

註：約八十公斤。

「那一位，」

「是我們的房客，」

「夏目先生。」

「他是來自日本的」

「留學生……」

「他哪裡不舒服？」我開始頭暈，便主動發問。

兩人頓時以為難的模樣互望一眼，又立刻小聲繼續說：

「不久之前，」

「他還說自己」

「是隻貓。」

「貓？」

「是啊。」

「說他『還沒起名字』。」

「原來如此。看來頗為嚴重。」

我終於弄清了狀況，聳聳肩，「可是，既然如此，怎麼會找上我？精神科不是我的專長啊。」

「我們請教過克雷格教授了。」胖里爾女士難得地一口氣說完一句話。

「教授說，」

「要我們把夏目先生」

「帶來這裡……」

突然間，我們湊在一起談得專注的頭頂上，響起了高亢的笑聲。

「哈、哈、哈！華生，是我啊！」

我吃了一驚，抬起頭來，只見一個又矮又瘦、體格單薄的男子，不知何時進了門，就站在我身旁。我愕然無語地望著他。他唇上蓄著黑色的鬍鬚，還有一頭精心梳理的黑髮，以及一雙黑眼。平板的黃色臉上整面都是淡淡的麻子。要不是知道他是來自日本的留學生，我一定會以為他是中國人吧。正如同所有的東洋人，光從外表看不出他的年齡。他的領口露出高得嚇人的翻領，穿著白襯衫，外加長外套，衣服的做工都不差，但遺憾的是，一點也不合身。條紋長褲對他的腿來說，似乎也太長了，皮鞋倒是擦得晶亮。

這個東洋小矮子臉上掛著莫名的淺笑，緩緩自口袋裡取出菸斗叼在嘴裡。然後雙手背在身後，橫過房間，靠在暖爐旁的牆上。

「怎麼，華生，你還認不出我？也難怪。用不著為看不出我無懈可擊的化妝而感到憂心。但是，這樣如何？」

男子說著，哈哈大笑，拿袖子在臉上用力擦。他抬起頭來，對著我笑，但站在那裡的，依然是個陌生的東洋人。若說有所改變，也只有皮膚因為用力摩擦而泛紅，更加突顯了臉上的麻子而已。

正好在這時候，跑腿的少年拿著電報上樓。

「抱歉。」

我背向這幾位奇特的訪客，撕開黃色的信封，看了電報。

受家兄邁克羅夫特之託　接受夏目之調查　我回來前　將他當作「福爾摩斯」

發報人那一欄裡填的是「S. H.」。

發電報的不是別人，正是吾友夏洛克・福爾摩斯。

其後，里爾姊妹輪流敘述的情況，大致如下：

來自日本的留學生K・夏目（註）自這個夏天便在房內閉門不出，即使兩位女房東來敲門，也不輕易開門。連餐點也要求放置於門前，趁左右無人時拉入房內，再將空餐具擱在走廊。有時熄了燈的房中傳出啜泣聲，又有時分明一人單獨在房中，卻像是朝著誰頻頻大吼。

里爾姊妹擔心起來，便去找克雷格博士商量。因夏目來到倫敦之後，曾為求教於這位知名的莎士比亞學者而頻繁走訪。

得知這個消息的克雷格博士，立刻便前往夏目的住處。兩人在房中談了些什麼不得而知。但是克雷格博士來訪後，夏目房內便不再傳出哭聲或吼聲，不久，當夏目主動開門走出房間時，里爾姊妹對望一眼，總算鬆了一口氣。

然而，夏目的樣子不對勁。他開始不時抽起過去從來不碰的廉價菸絲，將燒杯、長頸瓶、酒精燈等化學實驗用具搬進原本只放書的房裡，拉起荒腔走板的小提琴，最後還衝著里爾姊妹叫「哈德森女士」，使里爾姊妹不能不察覺情況有異。看來，夏目深信自己就是那大名鼎鼎的「夏洛克．福爾摩斯」。

里爾姊妹趕緊再去找克雷格博士。博士得知情況後，一陣錯愕。但一發覺眼前的兩位女士打從心底困惑不已，便露出苦不堪言的神情，立刻答應另行設法。

次日，博士登門拜訪，然後指示她們將夏目帶往貝克街二二一號B座。

「將夏目帶到這裡，」

「之後將一切託付給你即可。」

「說是『已經透過俱樂部的朋友打點好了』，」

「博士是這麼說的。」

里爾姊妹這麼說，兩人一直觀察著我的神情。

「原來如此。這麼說，這位克雷格博士，便是邁克羅夫特先生所屬的那家戴奧真尼斯俱樂部的會員了。」

如此一來，我對於事情為何如此演變便有所了解了。邁克羅夫特．福爾摩斯先生是年長福爾摩斯七歲的哥哥，是不具有「謙虛這個壞毛病」的吾友坦承世上唯一「觀察能力和

註：夏目漱石的本名為夏目金之助，金之助日語讀音之羅馬拼音為Kinnosuke，因此縮寫為K。

推理能力優於我」的人。若克雷格博士是透過同一俱樂部會員的邁克羅夫特先生前來委託，福爾摩斯就無法拒絕了。

「我明白了。夏目先生就暫時交給我吧。」我死了心說。

「對了，克雷格博士還有沒有說什麼別的？」

「有的。」里爾姊妹的臉上頭一次出現鬆了一口氣的神色。

「博士將夏目先生託付給醫生的這段期間，」

「從房間帶走了他的日記和信，」

「說要請人翻譯。」

「哦，信和日記啊。」

「擅自看別人的日記和信，」

「當然很不應該。」里爾姊妹兩人一起紅了臉。

「可是，醫生，」

「如此之外，」

「實在沒別的線索了。」

「所以這也是不得已的。」

我只是無言地聳肩以對。

「請問，」瘦里爾女士頭一次獨立開口問道：

「常有**這種事情**嗎？」

「這種事情是指？」

「就是『夏洛克．福爾摩斯先生』來這裡。」

「他啊，是啊，有時候會來。」我忍著笑回答。

「可是，他不是已經……」

「就是啊。」

里爾姊妹這麼說，同情地對看一眼，我又不得不苦笑了。

我發表福爾摩斯與犯罪之王莫里亞提博士在萊辛巴赫瀑布死鬥的《最後一案》，是在一八九三年的十二月。時間過得很快，算一算，那已是將近十年前的事了。我當時相信福爾摩斯和莫里亞提博士一同摔死在瀑布中，懷著無限的哀悼發表了那篇手記。因此，當翌年福爾摩斯翩然在我面前現身時，我因為過度驚喜，竟有生以來第一次昏倒。我當然立即就想發表福爾摩斯的「歸來」。因為我認為，這是對欣賞我以拙筆描寫福爾摩斯神通的讀者的義務，但福爾摩斯卻嚴禁我向世人公開他生還的消息。

「你想想看，」福爾摩斯對我說，「讓世人相信我死了，倫敦的罪犯就會鬆懈大意，開始為非作歹。而我，便可像個看不見的鬼魂般繞到他們背後，趁他們不知不覺將他們一網打盡。這簡直就是神賜給我的幸運。」

我順著福爾摩斯的意，這十年來沒有公開他還健在的消息，而僅止於描寫過去降臨在巴斯克維爾家歷代主人的怪誕案件，以及福爾摩斯在其中所展現的身手。

只不過，就算我不發表手記，一些該知道的人仍不可能不聽到福爾摩斯生還及其後的活躍，委託案很快便從四面八方送上門來，光是今年就有從長毛獵犬的反應拆穿羅伯・諾伯頓爵士怪異舉止之謎的修桑姆莊探案，與三名葛里德布有關的神秘委託，還有為了某個顯貴的委託人，福爾摩斯不惜出賣自身安全而與萬惡的犯罪貴族葛倫納男爵對決等，光稍事回想，便有這麼多千奇百怪的案件，找上世界上唯一一名顧問偵探夏洛克・福爾摩斯。無論哪一樁都是犯罪史上繞富趣味的案件，只要將來哪一天福爾摩斯解禁，應該就有機會公諸於世吧。

另一方面，倒是連福爾摩斯都沒有料到，在我的手記的熱心讀者當中，這十年間流行起一個略略奇特的傾向。他們大多怎麼樣也不相信福爾摩斯死於萊辛巴赫，一直不停有人寫信來告訴我「在某某地方看到福爾摩斯」。如果只是這樣也就罷了，其中還有些腦筋不清楚的人，似乎是被「我才是夏洛克・福爾摩斯」的妄想附身了，其實過去也偶爾有像夏目這樣的人物造訪貝克街二二一號B座。他們大多一見到福爾摩斯本人便當即清醒過來，為自己的作為感到羞愧而打道回府，但不免也有些人當著福爾摩斯的面大放厥詞，說什麼「想必你就是冒充我的傢伙」，這時候我們只能相對苦笑。話雖如此，就連這些人，通常當面聽到福爾摩斯非人般的精妙推理（「你一直到不久之前都還在軍隊裡……才剛退役不久……是隸屬於高地部隊吧……而且是下士官……嗯，巴貝多，是嗎？」；或是「你最近開始買股票？是乘雙輪馬車來的吧？……已經娶妻……有兩個孩子？」），通常反而會像魔法被解開了似地恢復正常，奪門而出。

想來克雷格博士便是希望藉此讓夏目清醒吧。然而，遺憾的是，福爾摩斯目前正為了調查死者寄出的神秘恐嚇信，隻身前往蘇格蘭，不在倫敦。

「哦？華生，」

正傾聽里爾姊妹說話的我聽到有人叫喚，便轉身回頭。

「這是委託人忘了帶走的東西吧？」

夏目拿起靠在暖爐邊的手杖說。他只對手杖略加端詳，便立刻拋開，在旁邊的扶手椅上坐下。

「這實在很有意思啊，華生。單單這樣一根手杖，便能透露出所有人的許多訊息。」

「哦？你看出了什麼端倪啊？**福爾摩斯**。」我向里爾姊妹使個眼色，站起來，拿起夏目拋下的手杖。

夏目深深坐在椅子裡，雙手手指相抵，幾乎是閉著眼地說：

「手杖的主人是美國人，但最近才剛從東南亞——多半是從中國回來的。他這個人的性格一板一眼，做一件事不到最後絕不罷休。他有近視，戴著度數高的眼鏡，但最近因故弄壞或弄掉了眼鏡。多半是受到暴力相關的犯罪牽連。其他還看得出幾處很有意思的地方，但目前這樣就夠了吧。」

「但是，你……呃，是怎麼看出來的？」我大感訝異地問他。

「這是很基本的啊，華生。」夏目滿意地說，「握柄正中的那一圈金屬上，刻著『史丹佛』的字樣。會這樣誇耀自己的出身的，找遍全世界，也只有美國人吧。

你再看看握柄內側，有個魚形的淺淺浮雕吧？將魚鰭的形狀做成這種形式的圖案，完全是中國才有的特色。只不過，用不著看這些，只要知道手杖的木材是紫檀，在中國是極其珍貴、只用在精巧的工藝品上，要判斷就更簡單了。

還有，這根手杖是使用了多年的老東西。握柄部分的金屬扣環修過的痕跡。從他對同一個東西如此長久地愛惜使用，要推斷出他的性格一板一眼、不輕言放棄，還有比這更簡單的事嗎？」

「簡單，是嗎？」我望著手杖說，「可是，他戴著度數深的眼鏡，最近弄掉或弄壞了又怎麼說？」

「你仔細看手杖的表面，有很多最近才造成的細微損傷。過去愛惜使用的手杖，突然不再愛惜，弄得損傷處處。難道還有別的理由嗎？」

「那麼，受到暴力犯罪的牽連又是為什麼？」

「你看看尖頭那邊。殘留著些微的血跡。別的先不說，他忘了這根多年來愛惜的手杖，可見得他心情非常激動。委託人恐怕是來委託調查他被牽連的暴力案件的。」

「原來如此，聽你一說，果真如此。」我一副佩服萬分的樣子說道。

「這沒什麼，對於一個訓練有素的人來說，這些只要看一眼就夠了。」

夏目盡力以不以為意的樣子這麼說，但他的鼻孔一張一合，顯然內心得意非凡；而我則是拚命忍著笑。我和里爾姊妹談話時，透過放在眼前映著他的銀咖啡壺觀察他。何止「一眼」，夏目根本是趁著我與里爾姊妹背向他談話，一直把這根手杖翻來覆去仔細查看。

我忍著笑的理由不止這一項。夏目拚命擠出來的推理，**根本沒有一項是對的**。

那根手杖根本就不是「委託人忘了拿」的。是我和福爾摩斯共同的朋友，史丹佛遺留下來的。史丹佛是以前我在聖巴托羅謬醫院時的助手，是他介紹我住處，我才會遇見福爾摩斯的。史丹佛當然是英國人。而且我從以前便與他熟識，我還不知道有誰像他這麼沒定性。繼醫院助手之後，他換了好幾次工作，還曾賣過地圖，但如今他是報社的外派記者。他不久前才剛從南非回來，從來沒去過東南亞。手杖是他從倫敦的一家舊貨店買來的。健忘的他讓人將自己的名字刻在手杖的頸環上。他昨晚與我聊得起勁，照例忘了帶走他的手杖。夏目在尖頭附近看到的血跡，倘若是真正的福爾摩斯，才真的會一眼就看穿，那其實是我們昨天一起在倫敦郊外散步時沾到的紅土。

「哈德森女士，妳可以離開了。」

夏目略略抬手對里爾姊妹說。里爾姊妹對於眼前發生的莫名其妙的對話，顯然是愣住了。我向她們眨了一下眼，輕輕點頭，兩人才放下肩頭重擔般地站起來，頭也不回地迅速離開了。

夏目傾聽里爾姊妹下樓的腳步聲，然後嘆了一口大氣，回頭對我說：

「唉，華生，看樣子我也快不行了。」

「哦？哪裡不行？」

「還問呢，剛才我的耳朵聽哈德森女士下樓的腳步聲，竟然聽成兩個人。一個偵探各方面的感覺必須都很敏銳。這樣一來，我退休的日子也不遠了。」

「原來如此，那真是糟透了。」我設法忍住笑，「不過，一定是因為你累了。稍微休養一下，就會好起來的。」

「哼，休養。休養有什麼用！我現在真正需要的是……」說到一半，夏目的視線不經意停在書桌上，忽然雙眼發亮，又轉過來面對我。

「對了，華生，你相信世上有女巫嗎？」

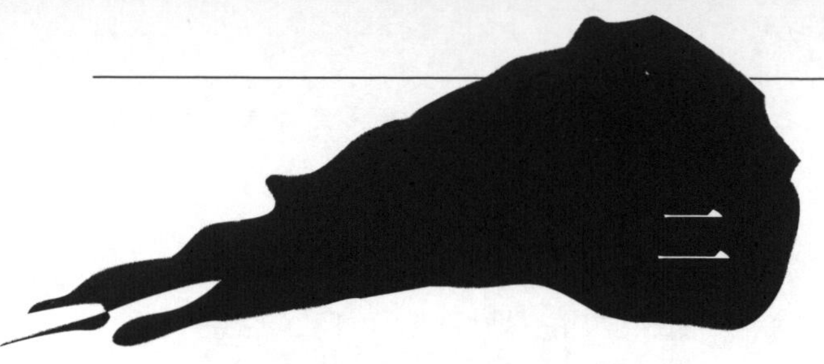

二

倫敦塔怪事

「女巫？」我訝異地提高了聲音，「你該不會是說那種騎著掃把在天空飛的女巫吧？」

「嗯，就是那種女巫。」夏目一臉平靜地點頭，「你相信她們至今仍騎著掃把，自由自在地在濃霧籠罩的倫敦夜空盤旋嗎？」

我眨眨眼，看著對方黃色的臉孔。但，隨即我就想起他為何會來到這裡。

「你要知道，**福爾摩斯**，」我耐心解釋道，「這年頭的倫敦，夜裡點著煤氣燈，還有地下鐵呢。最近，自行車似乎極受女性歡迎。有人卻偏偏愛挑掃把作為交通工具？這我實在無法相信。」

「原來如此，自行車相當流行啊。」說著，夏目不快地皺起眉頭，「但是，就算流行起新的東西，舊的東西也不會立刻就消失。」

他這麼說，然後拿起放在桌上的報紙。夏目要我出聲讀作了記號的報導。

倫敦塔深夜傳異響。女巫夜宴？

昨日深夜，市警接獲「倫敦塔傳出詭異聲響」的通報，兩名巡警前往了解。當巡警抵達現場時，聲響已然消失。為了安全起見，巡警巡視塔內，於其中一角發現奇異的物品。

巡警首先發現的是石板路上飛散的麥桿碎屑，不遠處還有一把斧頭。經詳細調查，斧頭的刀刃與麥桿的一部分均附著了疑似血液的深紅斑點，而且麥桿中還摻雜了一把疑似女人的金髮。

吃驚的巡警立刻將該處封鎖，針對附近展開調查。結果陸續發現以下令人不解的事實。

一般人無法接近的塔內一隅，有升過火的形跡，該處還遺留著一只鐵鍋。巡警往仍熱氣騰騰的鐵鍋中一看，差點嚇得腿軟。因鍋中將青蛙、蛇、老鼠以及蝙蝠混煮，臭氣衝天（巡警表示：「我這輩此從來沒聞過那麼臭的味道。」）。

天亮後，一查之下，鐵鍋四周散亂著大量的烏鴉羽毛、老鼠尾巴、青蛙眼珠、毛毛蟲、山羊毛等，此外還摻雜了在英國不為人知的神秘動物毛和羽毛。這些小動物在此似乎被用來作為某種儀式的祭品。

附近居民表示「曾聽見塔中傳出女子的啜泣聲」、「曾在沒有月亮的夜晚，看過騎著大掃把飛過空中的人影」、「看到周圍長了羽毛、巨大恐怖的臉」、「胸牆上有奇怪光線移動」等等，可見倫敦塔深夜發生怪事已非一日。

依往後事件的發展，當局勢必將被追究管理之責。

我讀報導時，夏目學福爾摩斯深深坐在椅子裡，雙手手指合攏，以一副思慮重重的樣子靜聽著（只是遺憾的是，福爾摩斯的扶手椅對身材矮小的日本人而言似乎太大了些，他看起來就像是在椅子上挺著身子，雙手扣在胸前似的）。

「這篇報導有什麼不對嗎？」我放下報紙問夏目。

「哦，這麼說，你看了這篇報導不覺得奇怪？這個案子不是有幾個相當有意思的地方嗎。」

「有嗎？在我看來，就只是最近常見的一些小道消息。搞不好，是當局為了增加倫敦塔的遊客而放出來的假消息。不過，要捏造也該多花點心思吧。這年頭說什麼女巫！真是不像話。」

「哎，華生，你就是這樣，老是漏掉重要的地方。」夏目愉快地搓手，直起身來說道，「假如真如你所說，首先就會提到倫敦塔那有名的守衛食牛肉者（註）們的談話，不是嗎？其餘的更不用說了。」

「這麼說，你是真的認為這是女巫做的好事？」

「哼！」夏目哼了一聲，「你知道日本的『丑待』儀式嗎？」

「不知道，連聽都沒聽說過。」

「唉，華生，你的懶於求知真叫人頭痛。」夏目誇張地皺起眉頭，「所謂的丑待呢，就是在正月丑日丑時……」

「丑時？」

「就是半夜。」夏目瞧不起我的無知般地說，「在房間四角點上百目蠟燭……」

「百目是什麼？」

「就是hundred eye。好了，先閉上嘴聽我說。」夏目不耐煩地揮手，「在這蠟燭的燭光中，前一天便沐浴淨身的女子，披散著洗好的頭髮，面對鏡子。一到丑時，鏡子裡便會出現她的未來。這種事情，在英國也算是女巫幹的好事吧。」

「嗯。」我低吟了一聲，忽然想到一事，問道，「對了，日本有女巫嗎？」

「沒有，日本有幽靈也有妖怪，倒是沒有女巫。你怎麼會問這個？」

「沒什麼。只是覺得你突然對日本這麼熟悉，感到很佩服。你能不假思索地答出日本有沒有女巫，真了不起。」

「這是那個……」夏目的眼神游移了一下，立刻恢復正色答道，「我查出來的。我接受了某個管道的委託，為了秘密調查，必須暫時扮成日本人。要是不了解日本，立刻就會露出馬腳。」

「哦，是什麼樣的案子啊？」

「哎，華生，這怎麼行呢！」夏目板著臉搖搖食指說，「關於案件的詳情，很遺憾，目前連你都還不能透露。因為這牽涉到極度棘手的外交問題。你要體諒。」

看樣子，夏目是看過我發表的手記，把福爾摩斯的作法完全拿來作為自己的法寶了。

「那座塔城，我從以前就覺得有些奇怪。」夏目這麼說著皺起眉頭，「前幾天我也去過了。」

「倫敦塔嗎？」

註：食牛肉者，beefeater，英國倫敦塔守衛的暱稱。

「嗯。」夏目一點頭，接著開始說：

「你也知道的，那裡的順序是這樣的，先走石橋過了空護城河，就是中塔，再往前走一點，左手邊就是鐘塔，再繼續往前走，右手邊就是叛徒門。在這裡左轉，就是血腥塔。薔薇戰爭時囚禁了許多人的就是這座塔。『斫人如草，弑人如雞，積屍如蓁』的地方。從這座血腥塔底下穿過去，便是位於廣場正中央的白塔，然後是博尚塔。這裡有烏鴉。」

「有烏鴉是當然的。因為……」

「不，那可不是一般的烏鴉。」夏目一臉噁心地說，「在我眼裡，是死在那座塔的百年碧血之恨凝聚為妖鳥之姿，固守於那不祥之地。證據就是，即使有人靠近，那裡的烏鴉也絲毫不驚不逃。不僅不逃，還一隻又一隻地聚集起來。最後甚至還收起羽翼，張開黑色的喙大叫，要把我趕走。那種東西怎麼可能是一般烏鴉！」夏目的聲音有些顫抖。

「那座塔裡奇怪的不只是烏鴉。」他立刻接著說，「我一回過神來，只見旁邊站著一個帶著年約七歲小男孩的年輕女子。她有著希臘式的鼻子，溶珠般秀麗的雙眸，以及雪白纖細的美麗頸項。一會兒，男孩抬頭對她說，『烏鴉！烏鴉！』似乎是很少看到烏鴉。然後又說，『烏鴉看起來很冷，我想餵牠們吃麵包。』只聽年輕女子以沉靜的聲音答道，『那些烏鴉什麼都不想吃。』孩子問，『為什麼？』她拿那雙長睫毛深處迷濛飄渺的眼眸望著烏鴉地說，『那些烏鴉有五隻。』便不再回答孩子的問題。但是，無論我再怎麼數，那裡的烏鴉都只有三隻。我心裡直發毛，丟下這兩人，逕自往前走了……

然而，華生，你仔細看過那座塔的牆嗎？我指的是，刻在塔牆上的那許多文字。那些全都是被幽禁塔中、不曾重見天日便消失在地底的囚犯所刻的。他們早已化為塵土，唯有文字永世留存。牆上的文字是百代遺恨結晶而成的無數紀念，是死者所留下的反諷。牆上的話，是以種種字體、種種語言所刻的。當人們死到臨頭，會留下什麼樣的話？我十分感興趣地讀了牆上的文字。有人寫上『希望在主耶穌』，有人寫『時光也會粉碎』。有人寫下『吾命悲矣，時不我與。』也有人寫下『畏神，敬王。』沒有時間刻句子的人勉強留下自己的名字，就連名字也來不及寫的，僅僅刻上縮寫便要橫首於刀斧利刃之下。但是，你要知道，華生，即使如此，他們仍以細小的鐵片，或是碎石，甚至自己的指甲，在堅硬的石牆上刻下最後的話。驅使他們的是什麼樣的熱情？是恨？是憤？是憂？還是悲？無論何者，失去一切希望的人們仍欲留下離世之言，這一點在思索人類這種存在時，這是多麼值得玩味啊。

我就這樣四處查看塔牆上更古老的紋章、碑文的遺跡，不禁沉浸於研究之中，一回過神來，剛才那兩人又站在附近。而她一站在我當時正好苦於辨識的石牆古紋章前，立刻便清朗地唸起紋章下的題詞。

細看此等野獸
緣邊飾以花草
乃表四昆仲名
其因不難知曉（註1）

我仔細查看題詞，果真如同她所吟，一字不差。我不禁大吃一驚。我連忙回頭，但兩人已不見蹤影。牆上那些業已模糊、難以分辨的文字，她究竟是如何輕易認出的？又為何將僅僅三隻烏鴉說是五隻？唉，我總覺得好像中了什麼魔法。後來我就茫然失神，連自己怎麼從倫敦塔回來的都不記得了。（註2）」

夏目頻頻搖頭。

「可是，」我總算插得了嘴了，「倫敦塔就是有五隻烏鴉啊。」

「怎麼，華生，你也是那名女子的同類嗎？」夏目吃驚地說，「你該不會也要說，紋章的題詞你也看得懂吧？」

「當然看得懂啊。」我點頭說道，「這些全寫在簡介裡啊。」

「簡介？」

「她一定是在塔的入口拿的。簡介上就寫著供奉給倫敦塔的烏鴉有五隻，從中世紀就養到現在。因為傳說沒了烏鴉，塔就會毀滅，所以為了不讓那些烏鴉飛走，牠們的羽毛前端都是被剪掉的。只要少了一隻，便立刻補上，所以倫敦塔隨時都有五隻烏鴉。」

「這麼說，她唸出的文言文……」

「我記得簡介裡也有那段文言。」我聳聳肩，「還有，你看到的牆上的字和名字，大多都是觀光客的塗鴉。也有用義大利文和德文寫的吧？關於這件事，前幾天的報紙也提出過，『國外觀光客毀了乾淨的牆。都是因為對外國人開放才會造成這種結果。』」

夏目張口結舌了好一會兒，但只見他忽然瞇起眼睛，又深深坐進椅子裡。

「嗯，對，我就認為一定是這樣。」他雙手搓著下巴底下說，「所以我不是說了嗎？『有五隻烏鴉，紋章的字句都記載在簡介裡。』」

「那是我說的。」

「不管這個了。華生，抱歉，我要確認兩、三件事，麻煩你查查剛才的報導是誰寫的。只不過……」夏目瞥了我一眼，「要是查不出來就算了。到時候我再想第二個辦法。」

「你是說牆上塗鴉的報導嗎？」

「別傻了。是女巫夜宴的報導。」

「這篇啊，那真是不費吹灰之力。」我一派輕鬆地說道，「因為，報導就是史丹佛寫的。他昨天來的時候親口說的，所以絕對錯不了。報紙就是他拿來的。」

註1：原文為：

Yow that the beasts do wel behold and se,
May deme with ease wherefore here made they be
Withe broders wherein....
4 brothers' names who list to serche the grovnd.
本就殘缺不全。

註2：夏目此段敘述，均可見諸於夏目漱石之散文〈倫敦塔〉。

「呀！糟了。原來是你朋友寫的？」

「不，**福爾摩斯**，史丹佛是**我們**的朋友。」我終於忍不住笑出來。

「史丹佛？聽你這麼一說，倒是有印象。」

「那當然了。他現在是當紅的人物吶。對了，你要是有事想問他……」我說到一半，響起了敲門聲，房子的女主人，真正的哈德森夫人出現了。

「哎呀，華生醫生，對不起。我還以為客人已經回去了。」

「沒關係的，哈德森夫人。有什麼事嗎？」

「嗯，」她露出有些為難的神色，遞給我一封信，「剛才送來了這個……」

我接過信，一看到信封上寫的收件人，不禁啞然。

夏洛克（夏目）福爾摩斯　先生收

寄件人只署名K。從流麗的筆跡看來，應該是出自女性之手。

夏目一看到收件人，便從我手中拿走了信。不知他在想些什麼，竟直接把信拿到自己的鼻子前面。

「哎呀！這可不行！」

哈德森夫人急忙伸出了手，但夏目閃身後退，沒把信讓出來。

「妳可以離開了，哈德森夫人。這封信是寄給我的，謝謝妳。」

「可是，那封信……」

「放心吧，哈德森夫人，我會處理的。」

我這麼說，朝房東太太眨了一下眼，她便搖著頭下樓去了。

「是白茉莉香水。」夏目再度把信抵在鼻尖，一臉陶醉地說，「不愧是高檔貨，味道

果然高雅芬芳。」

看夏目心滿意足的模樣，讓我猶豫著該不該說出事實。之所以這麼說，是因為剛才在大馬路發生了下述「事件」，我從窗口都看到了。所謂的事件，便是跑腿的少年為了閃避前方的馬車，弄掉了信，信卻不幸偏偏掉進路旁的積水（恐怕是馬尿）裡。少年哭喪著臉撿起了信，奔進我們的住處。我雖覺得奇怪，但想信定是先送到哈德森夫人手上，用火烘乾了。信雖然不再潮濕，但哈德森夫人拿進來時之所以一臉為難，又急忙想阻止夏目聞味道的原因，從剛才便充斥在房內，無可隱瞞。

總算讓信紙離開鼻子的夏目，忽然露出奇異的神情。

「這是怎麼回事?華生，你看看，文字有些地方糊了。」

「大概是淋到雨了吧。」我別過臉，閃開遞到我鼻尖的信紙說。

「可是外面沒有下雨啊。」

夏目在不解的同時拆了信，將寫在大張信紙上的草寫文字唸出來。

夏目先生，還記得前幾天的事嗎？

經過四處奔走，我終於弄到了席蒙娜夫人降靈會的邀請函。

一張邀請函最多可容兩人參加。若您還有興趣，請於四點駕臨錢尼路二十四號的卡萊爾飯店。

K

「席蒙娜夫人的降靈會！」我不禁大聲說，「這真是太巧了。其實我正要到這場活動去。」

「我竟不知道你對降靈會感興趣。」夏目有些驚訝地說，「不過，總算弄到邀請函了。夫人的降靈會目前可是大受歡迎，聽說邀請函一票難求呢。」

「好像是。」我點頭說道，「邀請函不是我弄到的，是史丹佛。剛才我說到一半的，就是這件事。我想，他應該是透過報社的關係弄到的吧。他昨天就是來邀我參加這場活動的。」

「那事情就簡單了。」夏目將信小心翼翼地收進內口袋，回頭對我說，「好了，華生，你還在做什麼呢？到三點半之前時間已所剩不多了。快準備出門。」

在夏目的催促之下，我匆匆準備好，於是我們便出門了。

一來到馬路上，他立刻要我招出租馬車。馬車開動之後，夏目轉向我：

「對了，華生，有件事想拜託你。」

「什麼事？」

「嗯。這次的案子，就像我剛才提過的，牽涉到極其微妙的外交問題。也許會波及歐洲的某個王室，是一個需要極度保密的案子。」

「看樣子好像是。……所以，你要我怎麼做？」

夏目先以銳利的眼光環視四周。他將臉湊到我身旁，壓低聲音，透露秘密般地說：

「你要把我當作是『來自日本的留學生，K・夏目』。」

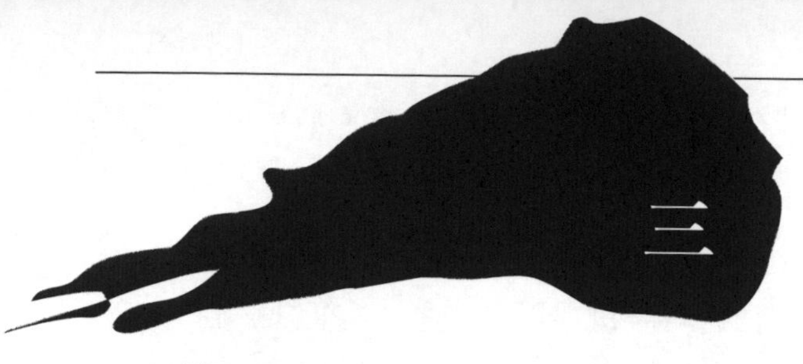

紫衣女郎

在馬車搖晃著將我們送達目的地的這段時間，我有機會得以仔細觀察坐在身旁的夏目。只見他浮浮躁躁的，坐立難安。才開始說一件事，立刻又換了另一個話題，對於我的回答似乎聽而不聞。他的指尖不斷叩叩敲著窗框，雙眼閃閃發光，雙頰有如發高燒般泛紅。

我於是得出了一個結論。對，絕對不會錯，夏目真的中了魔法了。**那種魔法就叫做戀愛**！對象想必就是捎信給他的「K」女士。

這麼一想，一切便豁然開朗。夏目剛才談女巫談得那麼起勁，不就指出了因女巫而造成話題的地點——倫敦塔嗎？他在那裡與她相遇。那位帶著小男孩的美麗女郎。夏目是這麼說的，「希臘式的鼻子，溶珠般美麗的眼眸……雪白纖細的頸項……深藏於長睫毛後的迷濛眼神。」除了形容心上人，誰還會這樣描繪一個女子？而且，夏目不是還說「遇到她之後，我茫然自失，連怎麼從倫敦塔回來的都不記得。」恐怕夏目是在那之後，又在別處有機會與她相識，進而開始交往。

若我的**這番推理正確**的話，也就能解釋夏目妄想的原因了。他是日本政府派遣的留學生。換句話說，夏目有義務將留學的成果帶回日本，在東洋小國宣揚英國文化。我聽說，日本人是責任感非常強烈的民族。對於日本人夏目而言，放棄自己的國家責任，為愛上英國女子沖昏了頭，想必天理不容。夏目的妄想是被沉重的責任與熱烈的愛情，也就是理性與感情拉扯的結果。

下了這樣的診斷之後，我便滿意地微笑。謎團全都解開了。在真正的福爾摩斯回來之前，能夠解開當事人的謎團，我真是喜出望外。

馬車抵達卡萊爾飯店時，我完全是鬆懈的。

在櫃台告知我們的到來後，不久便有一名身穿美麗紫色長禮服、身材高䠷、令人眼睛為之一亮的女子，下樓來到大廳。

「夏目先生，我就知道你一定會來的。」

她背光而立，突顯出她美麗的身段，以低沉悅耳的聲音表示歡迎之意。夏目立刻滿臉通紅，連旁觀者都不禁要同情他了。他連忙把我推到前面。

「我是和朋友一起來的，他今天也受到邀請。」

「哎呀，是這樣嗎？」

她這麼說，然後轉向我。與她正面相對瞬間，我頓時受到如同被人狠狠毆打腦袋般的衝擊。

我萬萬沒有想到，會再次見到「那位女子」。

站在我眼前的，正是唯一逃脫吾友福爾摩斯的掌握、至今仍令他懷著敬意稱為「那位女子」的艾琳·艾德勒。

「喂，華生，你怎麼了？振作一點。」

我猛然回神，夏目一臉受不了的樣子看著我。

「淑女在和你寒喧，你卻失魂落魄的，豈不失禮？你真失常。」

他這麼說，重新為我們介紹彼此，「這一位是華生醫生。這一位是凱薩琳·艾德勒小姐。」

「凱薩琳？不是艾琳小姐？」

「艾琳……是我姊姊。」

凱薩琳小姐微微低頭，垂下長長的睫毛說。我終於明白是我弄錯了。想想也是，她不可能是艾琳・艾德勒。眼前這名女子，那雙令人印象深刻的藍色大眼睛和長睫毛，齊肩的金色秀髮，毫不嗇惜地從禮服領口露出來的、透明般美麗的頸項，確實和我記憶中的艾琳一模一樣；然而這件事反而正好證明了她不是艾琳本人。

福爾摩斯與我因波西米亞國王的委託而遇見艾琳・艾德勒的奇案，以及她隨即與英國名律師高佛瑞・諾頓攜手前往新大陸，算算也十五年了。當時，艾琳顛倒眾生，將愛慕她的男子玩弄於股掌之間，但再怎麼說，都已經十五年了，歲月不可能不在她身上留下痕跡。這種事只有真正的女巫才辦得到。

不知何故，凱薩琳小姐似乎不願意多談自己的姊姊。因此我雖然感到遺憾，也只好不再追問艾琳的情況。

「來吧，兩位這邊請。大家都等不及了呢。」

凱薩琳小姐以一點也不遜於出色的女低音姊姊的圓潤低音說完，便轉身率先上了階梯。

降靈會的會場，是飯店中極為高級的兩間相通的大房間。

一進房間，史丹佛便注意到我，小跑步來找我。他看到我手中的手杖，高興地大聲說：

「啊，太好了！我正為了這東西不知道是忘了在你那裡，還是我後來去的俱樂部而頭痛呢。這可是我的寶貝哩。」

他半開玩笑地這麼說，接過手杖輕輕揮了揮，「對了，你怎麼這麼晚到？我們約的應該是兩點半啊？我正在考慮是該派人去，還是發電報。」

「我正想出門的時候，不巧有訪客。」

「患者嗎？還是委託人？」

「哦，都是。」我笑著說，「這件事還挺好笑的。結果，我是和他一起來的。」

「那麼，那位可笑的委託人呢？」

「怪了，到哪兒去了？」我回頭四處張望，正好看到夏目從門口進來。

「就是他。」說完，我注意到一件怪事。夏目的臉色很不自然。史丹佛以驚訝的語氣悄聲對我說：

「那是怎麼回事？他臉上好像塗了一層很厚的乳霜。」

聽他這麼一提，在來這裡的馬車上，夏目的確一直在意鼻子上的麻子。他塗上厚厚一層乳霜，想來是不願讓心儀的女子看到麻子吧。

進了房間的夏目走路一顛一掀的，樣子很奇怪。史丹佛要我看他的腳，原來夏目踮著腳尖，盡量拉高了身子走路。……這應該是在意自己比凱薩琳小姐矮吧。

然而，這種走法若是在堅硬的地面上也就罷了，在鋪了長毛地毯的飯店房間裡，當然不可能不出事。我還來不及對他說「這樣很危險」，夏目便已失去平衡，東倒西歪，差點跌倒，伸手去扶旁邊的餐桌。餐桌立刻搖晃傾斜，放在上面的空玻璃杯滾落在地上。夏目連忙蹲下來，撿起玻璃杯。到此為止都還好，但他站起來的時候，後腦結結實實撞上了桌緣，他按住頭往後踉蹌，卻又被地毯絆了腳，整個人正好背對著門往後倒。

夏目就這樣用他的背推開了門，向後仰天跌倒，從他才剛走進來的門退場了。

「這真是……」史丹佛看看夏目離開的門又看看我，終於忍俊不住，笑了出來。

「發生了什麼有趣的事嗎？」

一回頭，只見對夏目施了奇妙魔法的本人，凱薩琳小姐，正端著紅茶杯站在那裡。

「沒什麼。怎麼說呢……」史丹佛竊笑著看我。

「發生了一齣小小喜劇。」我聳聳肩，盡量面不改色地回答。

「應該說是悲劇才對吧。」史丹佛說。

凱薩琳小姐似乎無法理解我們的話，一瞬間訝異地皺起眉頭，但很快便又若無其事地問我，「醫生與夏目先生是什麼時候認識的呢？」

「其實，我們才剛認識。小姐妳呢？」

「我是在自行車行。」

「妳騎自行車？」

「我可是全英自行車協會的會員呢！週末常獨自到郊外遠騎。」

「獨自遠騎！這樣太危險了，最好別這麼做。」史丹佛從旁插嘴，「像妳這樣年輕貌美的女子，獨自騎著自行車在郊遊，等於是叫壞人下手啊。」

「謝謝您的關懷。」凱薩琳小姐啜了一口紅茶，盈盈笑道，「可是，我自己會保護自己的。」

她說完，便將茶杯放在餐桌上，從掛在手臂上的手提包裡，將一把小型的女用手槍抽出一半給我們看。

「我獨自騎車的時候，都會隨身攜帶這個。」

「準備得真周到……」

「說到自行車，」我問，「我想，妳和夏目在那之前是否也在倫敦塔見過面？」

「哎呀，您也知道？是啊，我們曾經在倫敦塔見過一次，只不過當時僅僅是擦身而過而已，是第二次在自行車行見面的時候，夏目先生主動前來攀談的。我們自此便成為朋友。」

「原來如此，成為朋友，是嗎？」

「夏目先生告訴了我許多日本的好主意呢。以我們婦女騎自行車時的服裝為例，長裙經常被捲入車輪裡，相當麻煩。若是穿著男士們的提燈褲——我們都叫作合理女服（rational dress）——騎車當然沒問題，卻不宜上街，像我就乾脆穿男裝騎車，但這個方法並非人人適用。於是夏目先生便建議我穿著日本的傳統服裝褲裙（hakama），我實際訂購試穿，果真非常方便。現在我騎自行車時，都一定穿褲裙。」

「可以請教一下嗎？」忽然間一個粗啞不協調的聲音插進了我們的對話。

轉頭一看，聲音的主人是一個體格壯碩、臉色紅潤、留著雪白八字鬍、六十開外的紳士。他皺起濃密得幾乎蓋住細小眼睛、同樣也是雪一般白、亂七八糟的粗眉。他說，「騎自行車，臉會因為風壓而變歪的說法是真的嗎？聽說最近年輕人流行所謂的『自行車臉』，不是嗎？」

「敢問您是？」我整個人轉過來面向紳士問。

「這一位是奧斯朋勳爵。今天降靈會的主賓。」史丹佛告訴我。

「哪裡哪裡，別說什麼主賓。不要因為我是貴族就給我特別待遇。」勳爵顫動著八字鬍說，「今後是你們勞動者的時代啊。平等，團結，以及寫實主義。『生，或是死？（註）』……嗯，這句話真萬事至理啊。」

因為這句話，我想起羅伯特・奧斯朋勳爵這個名字了。比起當個名門貴族，勳爵喜愛社會主義與莎翁戲劇勝過一切，如此奇特的為人，使他的名字在社交界廣為人知。他有個怪癖，基於**社會主義**的立場，寧願別人以「羅伯特勳爵」的暱稱來稱呼他。只不過，這是我頭一次見到他本人。

「那麼，」我因為有些好奇而問，「這次活動的費用，是由羅伯特勳爵贊助的嗎？」

「聽你這話，你是什麼都不知道就來了？」史丹佛驚訝地插嘴，「今天的降靈會，不會向任何人收一毛錢。」

「不會吧？怎麼可能完全免費呢。」

「這是為了證明她是真正的靈媒師。」凱薩琳小姐說，「令人頭痛的是，最近倫敦許多假靈媒師橫行，收取高額的費用舉行假降靈會。說實話，我也曾經上過好幾次當。可是，在席蒙娜夫人這兒就不必擔這個心。因為她不向任何人收取費用，所以作假也沒有意義。」

「那麼，主角靈媒師在哪裡？」

「她現在正在隔壁房間裡暝想，好為與靈魂通信做準備。」

「話是這麼說，」羅伯特動爵一臉苦相地開口，「以為這麼吝嗇的活動費用是由我贊助，我也真是被人看扁了啊。你們瞧瞧餐桌上，紅茶和司康餅，再來就只有水？甭提魚子醬開胃小點了，沒有上等的菸捲，波爾多紅酒也一瓶都沒有。我難道會提供這麼小家子氣的飲食嗎！這次我是被我內人硬拉來的。」

羅伯特動爵氣呼呼地揚起下巴，朝那個方向看過去，一個身穿高雅灰色禮服的苗條中年婦人，手中也端著紅茶杯，置身事外般站在那裡。她看來少說比羅伯特動爵年輕二十歲。她端正、冷漠的側臉，看來仍十足是個美人。

「莉莉・奧斯朋動爵夫人，也就是動爵的妻子。」史丹佛悄聲告訴我。

「說到內人，前陣子還吵著教會啦、慈善活動啦，這回竟然迷起通靈來了。我苦口婆心地告訴她『宗教是平民的鴉片』，說得嘴巴都瘦了，她就是聽不進去……」

「抱歉，奧斯朋動爵，」凱薩琳小姐盈盈一笑地插嘴，「看來我該到那邊去了。」

註：莎翁名劇《哈姆雷特》的名句，"To be, or not to be..."。

她輕輕一點頭，離開了我們的圈子，走向一名老婦。兩人很快便開始小聲談起來。

「這就是所謂『物以類聚，人以群分』。」勳爵哼了一聲，回頭對史丹佛說，「對了，我好像在哪裡見過你？打從剛才就一直想不起……？」

「和勳爵相比，我不過是個無名小卒。」史丹佛說完笑了，從袖口取出手帕擦額頭。

「手帕放在袖口？真是南非風格。……啊，我想起來了！」羅伯特勳爵拿他厚實的手往自己的額頭一拍，「對嘛，我粗心了。你就是為了和波耳打仗而前往南非，運氣不佳為敵方俘虜，歷經多重苦難，最後終於成功獨自脫逃的那個史丹佛吧！你回到英國，將這件事寫成報導。嗯，那篇報導相當有意思。」

「您的誇獎是我的榮幸。」史丹佛恭謹地說，「我本來就是以戰地記者的身分參戰，只不過是盡自己的本分而已。」

「哪裡，誇獎你的可不是只有我啊。就連我府裡的僕役都歡天喜地，把你視為凱旋將軍什麼的。這會兒你可是勞動者的英雄啊。」

「一點也沒錯，你成就斐然，用不著謙虛。」我說，「和我這個中了槍、早早就除役的人可是大不相同。身為你的朋友，我為你感到驕傲。」

「我記得有人提議冊封嘛？還是已經冊封了？」

「那純粹是謠言。我哪配得上騎士……」

「騎士！你果然很在意嘛。我看，下次選舉你就打算到上議院參選了，是吧？」

羅伯特勳爵說完豪爽地笑得肚子都抖動了。史丹佛正臉紅時，不知何時又回到房裡來的夏目，帶著剩下的一名年輕女子走過來。

「華生，我來介紹。這一位是艾蜜莉・懷特小姐，她在金融區的銀行擔任打字員。」夏目介紹的，是一個蓄著一頭亞麻色長髮、滿臉雀斑、臉頰泛紅的嬌小女子。她戴著細銀邊的圓眼鏡，一雙眼睛睜得大大的，好像隨時都很吃驚的樣子。年紀在與會者當中最為年輕，看起來頂多才二十歲。她穿著長袖的淡黃色洋裝，雖然乾淨整齊，但和凱薩琳小姐和奧斯朋夫人相比，實在令人無法抹去便宜貨的印象。

我注意到羅伯特勳爵看到夏目一臉訝異的神情，連忙在他耳邊輕聲說，「他是我的患者。」

艾蜜莉小姐被介紹給羅伯特勳爵，吃驚般睜圓了眼睛。

「哇，那麼，您是真正的貴族嘍？怎麼辦？我不知道該怎麼跟貴族說話才對。該怎麼稱呼呢？閣下（Your Grace）？陛下（Your Majesty）？還是大人（Milord）？叫您夫人奧斯朋夫人可以嗎？」

「哎哎哎，小姐，別這麼緊張。」羅伯特勳爵搖搖頭說道，「妳是打字員？嗯，這樣的話，妳們才真正是勞苦功高的勞工，是扛起未來的棟樑，也是階級鬥爭的最終勝利者。理想社會即將到來！『全世界無產者，聯合起來！（註）』一旦社會主義實現，閣下就一文不值了。」

註：社會主義運動的著名口號，也是《共產黨宣言》的結語。

見艾蜜莉小姐傻傻愣住了，羅伯特勳爵便苦笑說：

「也就是說呢，喏，莎士比亞不也說過嗎？『人，除下衣裝，也不過就是像你一樣可悲赤裸的兩腳動物（註）。』叫我羅伯特吧。叫內人莉莉就行了。」

「好的，**羅伯特**。」艾蜜莉盈盈一笑說道。

羅伯特勳爵只唔了一聲，便沒再說話了。看來是萬萬沒有想到有人真的直呼他的名字。

「對了，你們在那邊談些什麼呢？」我決定先換個話題再說。

「我剛才正代表全英國人向這位先生道歉。」艾蜜莉正色答道。

「哦？英國國民做了什麼對不起他的事？」

「不是針對這位先生。我之所以道歉，是為了英國出口鴉片到這位先生的國家，並且拿取締鴉片當藉口，發動戰爭。任誰怎麼說，這些都是違反人道的行為。因為，當時英國人就已經知道鴉片有毒了。」

艾蜜莉憤慨地將女子學校裡學來的知識一股腦兒全搬出來。

「可是，」史丹佛說道，「那是我國對中國所施行的政策，但夏目先生是日本人啊。」

「哎呀，日本和中國不是一樣嗎？我一直以為日本是在中國裡的。」

聽她說得泰然自若，可見得要向她解釋現今中國列強環伺的複雜權力關係是不可能的，更不用說幾年前日本軍在義和團之亂中的角色了。至於夏目，他卻只是默默得意地笑著。

「羅伯特勳爵，您今天早上有心事吧？」夏目問道。

勳爵一瞬間愣了一下。但他摸摸下巴，有所意會地笑了。

「哈哈啊，**鬍子**是吧？我明白了，你個子矮，應該看得很清楚。但是很遺憾，今天早上我的鬍子之所以沒刮乾淨，是因為平常愛用的剃刀拿去磨了。……也罷。挺有意思的。那麼，你還看出了什麼別的？」

「您對翟爾斯這個男人的名字有印象嗎？您應該是為他而煩惱。」

「這可驚人了！你該不會是他的朋友吧？」

「當然不是。我只是說出極其基本的推理結果而已。」夏目得意得鼻孔撐開，說道，「光是我走進房間的這段時間，您便好幾次從上衣口袋裡取出信封，皺著眉頭又放進口袋裡。我只是看出信封的寄件人是『翟爾斯』這個男性名字而已。」

夏目向羅伯特勳爵行了一禮，便轉而面向我。

「如何？華生。若是在兩、三個世紀前，我大概會被活活燒死吧。你說是不是？」

「華生醫生！天哪！我怎麼這麼笨！」艾蜜莉小姐看看我又看看夏目，高聲說道，「這麼說，你就是**那個**夏洛克・福爾摩斯了！我真是的，跟你說了半天的話，卻完全沒發現。」

註：出自莎翁名劇《李爾王》。

夏目並沒有否認的樣子，只是稍微聳了聳肩。

「**夏洛克・福爾摩斯先生**，」艾蜜莉劈哩啪啦接著說，「我等會有事想請教你的意見。——我現在，正被迫處於一個可怕的困境之中。非常、非常、非常艱難的困境！這是你最喜歡的吧？可以嗎？啊，我好高興！能在這裡遇見你，我真是太幸運了。……你今天沒有抽菸斗呢。沒有菸斗，就沒有氣氛。你帶著呀！太棒了！那麼，獵鹿帽呢？放大鏡呢？沒帶小提琴嗎……？」

「現在是怎麼回事啊？」羅伯特勳爵看看我又看看夏目問，「這麼說，這位就是大名鼎鼎的夏洛克・福爾摩斯變身的，日本人夏目先生？」

「是的，正是如此。」

「哎呀呀，怎麼這麼複雜啊。」

「不是變身，是喬裝。」艾蜜莉回頭說道。

「那麼，臉上厚厚一層莫名其妙的乳霜也是喬裝了？」

「啊，各位，」將獵鹿帽斜戴的夏目拿下嘴上沒有點火的菸斗，說道，「這件事還請各位保密。我現在受到某政府方面的高官委託，秘密偵查撼動歐洲歷史的大案。喬裝改扮也是為了這個緣故。」

「哦，原來如此。」艾蜜莉伸手按著嘴說，「那麼，**夏目先生**，請多和我談談日本。看樣子，我似乎有點把日本搞錯了。」

「日本嗎？」夏目皺起眉頭，「沒什麼，就是個無趣的地方。」

「聽說那裡有名叫富士山的自然美景？」我問道。

「沒錯，富士山是很美，」夏目的嘴唇扭成嘲諷的形狀，「但是，日本沒有什麼別的比這個更值得驕傲了。而富士山是自然生成、自古就有的東西，並不是日本人創造出來的。換句話說，日本人根本沒有什麼值得驕傲的地方。」

「女性呢？有美女吧？」

「女性方面，英國的女性更美。」

夏目說完，偷看了凱薩琳小姐一眼。看他的臉立刻變得一片紅一片白，開始坐立難安，史丹佛便像吹無聲口哨般噘起嘴唇。他回頭以捉狹的語氣低聲對我說道：

「原來如此。『那雙眼睛看了我一眼，便將我的心一分為二。』……是這樣嗎？」

「『我的喜悅在東方。』」我說。

「既然要說，應該說『那邊是東方，那麼茱麗葉就是太陽（註）。』才對吧。」羅伯特勳爵也湊興接著說。

「咦，你們這會兒在說什麼？」艾蜜莉小姐看看我們幾個，雙眼發光地問，「等等，讓我來猜。東方？金融區的東方就是倫敦塔了。塔裡有什麼好玩的事？」

我們對望一眼，低聲互道：

註：以上史丹佛與華生的引用，均出自於莎翁名劇《羅密歐與茱麗葉》。

「『軟弱，妳的名字叫女人（註1）』。」

「『進修道院去吧。何苦將來生出罪人來（註2）』。」

「『啊啊，披著女人外皮的老虎！（註3）』」

「你說什麼？羅伯特？」艾蜜莉耳尖，聽到最後一句話說道，「披著女人外皮的老虎！那麼，你們大家是在說我了。」

「不，小姐，妳千萬別誤會。」羅伯特動爵急著搖手，「我們剛才談的是三個女巫啊。喏，就是《馬克白》開頭出場的那三個。『美即是醜，醜即是美……』」

「騙人。」

「我何必騙妳呢。妳也知道吧，最近倫敦塔有女巫出沒。吶，你說是不是？」

「咦？呃，是啊。」

史丹佛忽然被問到，忙不迭地接話。

「最近倫敦塔裡，每晚都舉行『女巫之宴』……這在民間極為有名。一些愛湊熱鬧的人，每晚都圍住了倫敦塔。對，還有人說看到女巫。據說女巫既不黑也不白，是一種不明的顏色。像是潑了牛奶的黏土……大小據說有一般人的三倍。至於長相，她們會瞪著一雙大眼珠，像飢餓的野獸般齜牙裂嘴……」

「聽說還會忽然消失不見蹤影？」我伸出援手。

「不止呢，還有其他的怪事。人們因為發現了倫敦沒有的鳥類羽毛而大為轟動呢。」

「哦，那一定是白貓頭鷹的羽毛。」史丹佛得意地說。

「一定是的。」羅伯特動爵也同意，「女巫和掃把、貓頭鷹之間的關係可是斬也斬不斷的。」

「那貓呢？」我感到不解，「女巫不是應該和貓形影不離嗎？」

「聽你這麼一提，倒是還沒聽人提到貓吶。不過，搞不好……」

「……真的嗎？」

旁邊忽然有人出聲。一回頭，凱薩琳小姐臉色鐵青地站在那裡。

「您剛才說的是真的嗎？」凱薩琳小姐又一次以顫抖的聲音問。

「當然是假的啊。」我回答，「多半是當局為了吸引觀光客而編造出來的吧。只不過，這年頭還說倫敦有女巫真是……」

「不，我不是指這個。」

「那麼，小姐要問的是什麼？」羅伯特動爵問道。

「您們剛才不是提到白貓頭鷹？」

「喔喔，的確是提到了。」羅伯特動爵碰地捶了一下掌心，「哈哈啊，我知道了。我看，你是對博物學感興趣吧？我可是聽說，最近新品種的動物在學會裡身價非凡吶。但遺

註1：出自莎翁名劇《哈姆雷特》。
註2：同1。
註3：出自莎翁名劇《亨利六世》。

憾的是，這次恐怕不是新發現。找到的是倫敦幾乎看不到的鳥，但肯定是有人為了讓這次的女巫騷動更像一回事，把羽毛帶進去的……」

儘管羅伯特動爵口若懸河，凱薩琳小姐天藍色的眼眸卻停在半空中，緊緊擰著手帕，到一半就幾乎沒有在聽。夏目戰戰兢兢地靠近她，這時候，忽然間房間後面的門悄然開啟。

「……各位久等了。」

門後傳來帶有外國口音的沙啞話聲，緊接著現身的，是一個臉乾癟得很厲害的嬌小老婦人。再加上她駝背，身高連五呎都不到。以雙腿和一根節瘤多的櫧樹手杖勉強支撐的身體，身穿寬大的全黑長禮服，頭上戴著同樣是黑色的、緊貼頭部的缽狀帽子。然而，不僅如此，老婦人身上散發出一種異樣的氣氛，讓看到的人無不側目。皺巴巴的薄薄嘴唇也好，往下勾的細窄鼻尖也好，簡直就和小時候聽過的故事中的女巫一模一樣。老婦人瞪著一雙淺灰色的眼珠，低頭抬眼地環視屋內。

「席蒙娜夫人，她正是目前歐洲最有名的靈媒師。」

凱薩琳小姐以有些走調的聲音向在場所有人介紹老婦人。靈媒師微微點了一下頭，張開薄薄的嘴唇，以剛才那沙啞的聲音很快說了什麼。

「她說的是法語。」史丹佛在我耳邊悄聲說。

「夫人說，『降靈的準備完成了』。」凱薩琳小姐為大家翻譯，「『請大家移步到這邊的房間』。」

三名女性跟在靈媒師身後，首先是凱薩琳小姐，然後是艾蜜莉、奧斯朋夫人的順序，消失在門後。

「好啦，」史丹佛環視了不知如何是好般地留在房裡的其他男人，「我們也走吧？」

「那就是歐洲最有名的靈媒師？」羅伯特勳爵不耐煩地搖搖頭，「『女巫在歐洲遊盪（註）』啊……唉，馬克思要是看到這場面，一定會大搖其頭吧。」

註：套用《共產黨宣言》中「共產主義的幽靈在歐洲遊盪」一句。

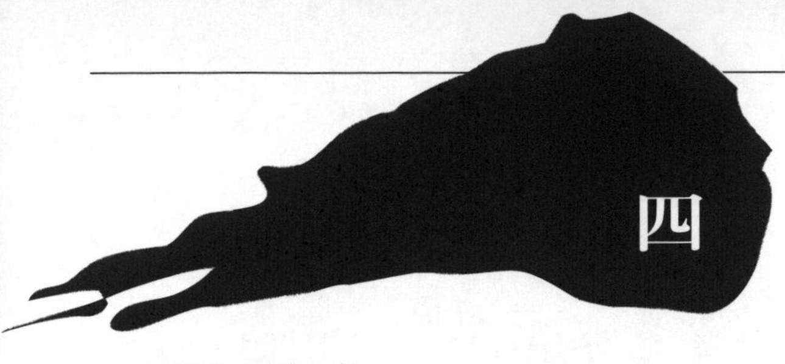

降靈會

房間中央有一張圓桌——

放置在桌上的大燭台點著火，燭光照亮了房間。窗戶拉上了厚窗簾，而且好像還嚴密地貼掉縫隙，沒有一絲光線從外面透進來。桌子四周擺了八張簡樸的木椅，椅子與椅子之間是高及腰際的茶几，茶几上放著廣口的東洋風花瓶，每個花瓶都插了許多白山茶花。

席蒙娜夫人抽籤的結果，房間最深處是席蒙娜夫人，按照順時針方向依序是羅伯特勳爵、史丹佛、我三個男人，再來是艾蜜莉、奧斯朋夫人、夏目、凱薩琳小姐。

「哦……『茶花女』啊。」

一坐上椅子，羅伯特勳爵便仰頭看上方喃喃地說。

沒錯，一在椅子上坐下，感覺就像山茶花從頭頂上蓋下來。只不過這個季節有白茶花很奇怪，我基於好奇便伸手去摸，果不其然，是做得很像的假花。除此之外，桌上還有這類降靈會一定會有的物品，也就是鈴鼓和號角等等。

羅伯特勳爵不知怎的，從進房以來就一副心浮氣躁的樣子，又打趣般哼起一段詠嘆調。

「『女人皆善變，如輕羽風中飄……』」

「親愛的，請你安靜一點。」奧斯朋夫人板著臉地冷冷說道，「而且你剛才唱的是〈善變的女人〉，是《弄臣》又不是《茶花女》（註）。」

「喔，是嗎？哎，中產階級喜好的義大利歌劇，哪一齣都差不多嘛。」

待勳爵安靜下來後，席蒙娜夫人以沙啞的聲音開口：

「歡迎來到我們的降靈會。」

老靈媒師這麼說，視線往天花板一帶轉。所有人也跟著抬頭看天花板，只見明明沒有風，白茶花卻微微搖曳，讓人覺得好像有人隱身在花後笑了。

「靈魂也歡迎各位。……讓我們馬上開始吧……請把手放在桌上。就像這樣……好了嗎？那麼，請哪位熄掉燭火。」

坐在離入口最近的艾蜜莉蒼白著臉，跳也似地站起來。她伸手去拿燭台的那一剎那，羅伯特勳爵又開口了：

「且等一等。」勳爵以這句話阻止了艾蜜莉，然後轉而面向席蒙娜夫人，「要熄掉燈火了？要開始了？不不不，可不能這麼順當。在這之前，妳得先向我證明妳是不是真正的靈媒師。」

「親愛的！」奧斯朋夫人尖銳地高聲叫道，「這時候竟要求證明，對夫人太失禮了！」

「怎麼會呢？哈姆雷特也說過，『回答我，立刻洗刷疑雲』。更何況在這科學進步與講究現實主義的年頭，要求證明靈魂這種騙人的把戲，有何失禮可言？」

「你喜愛的哈姆雷特也這麼說，『這天地之間，多的是學者們想也沒有想的東

註：《弄臣》與《茶花女》均為義大利作曲家威爾第（Giuseppe Fortunino Francesco Verdi，1813-1901年）的歌劇作品。〈善變的女人〉是《弄臣》最為人熟知的詠嘆調之一。

西』。」

「那只是戲劇的台詞罷了。」勳爵公然不予以理會。

席蒙娜夫人本來聽著隔桌交鋒的夫婦對話，但很快地以法語對坐在身邊的凱薩琳小姐說了些話。

「席蒙娜夫人是這麼說的。」凱薩琳小姐沉著地翻譯，「我知道有很多像羅伯特勳爵這樣不相信靈魂的不幸之人。但是，任誰怎麼說，靈魂都是真正存在的。這是無可置疑的事實，我想在不久的將來，科學也能夠明白解釋。

我所說的並非格外特別之事。與靈魂通信交流，實際上每個人都在無意識中經驗過。例如，各位不都有這樣不可思議的經驗嗎？身邊親近的人死於不測的意外時，在那之前曾感覺過前兆……諸如自己前一晚夢見黑貓，或是聽別人說過，這樣的事情，每個人應該都經歷過不止一次。又或者，心中莫名感到強烈的不安，當晚決定不睡在平日休息的床上，而晚間架上的青銅擺飾正好就掉落在枕頭的位置，因而撿回了一命。因為有不祥的預感，沒有走平常走的路，事後才聽說在那個時間碰巧經過那條路的其他人，因遭遇強盜而身亡……。這些一般都稱為不安、預感、第六感等等，但實際上便是靈魂的助力。請各位想想看，對中世紀不了解電力作用的人們，再怎麼解釋現今電燈的運作，他們一定也不會相信不用火竟然能有燈光。同樣的事情，也發生在今天我們對靈魂的認知上。恐怕在不久的將來，科學就能證明靈魂的存在。如此一來，人們應該就能接受『靈魂確實存在』而且『藉由聆聽靈魂的聲音，人們真的能夠未卜先知。』……」

羅伯特勳爵哼了一聲，表示不屑。

席蒙娜夫人又向凱薩琳小姐小聲說了些話。

「席蒙娜夫人是這麼說的。」凱薩琳小姐說道，「說了這麼多，若各位還是存疑，那麼好吧，我就當著各位的面，證明靈魂的存在。只不過，請各位答應我，當這場實驗成功時，所有人都絕對不能輕視這個結果。因為，這對我而言是非常神聖的。」

「有意思！」羅伯特勳爵大聲說道，「很好，我以莎士比亞與馬克思兩人的名字起誓，我會尊重實驗的結果。前提是，如果妳真的能證明的話。」

「請誰給我一張紙。」席蒙娜夫人以口音很重的英語說。

艾蜜莉迅速翻自己的包包，拉出一張打字用的粗糙紙張。席蒙娜夫人接過了紙，在上面隨意畫四條橫線，再把紙傳給羅伯特勳爵。

「請在五個格子裡，各寫上一個人的名字，一共五個人的名字。其中要有一個，是死者的名字。」

羅伯特勳爵以訝異的、略略僵硬的神情點頭，提筆準備寫。

「請寫我不知道的人。」

羅伯特勳爵正要寫名字的那一瞬間，靈媒師發出提醒：

「知道嗎，請務必要寫我不知道的名字……」

接下來，席蒙娜夫人在羅伯特勳爵寫名字的期間，也再三提醒，幾乎要使人厭煩了。

靈媒師接過寫了五個人名的紙，將紙仔細沿著四條線裁開，分別以她枯枝般細瘦的手指做成小紙團。然後，拿下自己的黑色缽狀帽子，將五個紙團丟進去。

「請你把紙團一個一個扔到桌上。」

靈媒師這麼說，把帽子交給羅伯特勳爵。

在與會者屏息圍觀中，羅伯特勳爵從帽中一一取出紙團，扔到桌上。

一個、兩個、三個……第四個紙團落下的那一剎那，突然桌子好像被什麼硬物撞到一般，發出相當大的聲響。席蒙娜夫人滿意地點點頭，拿起第四個紙團，放在煙灰缸上，以火柴點了火。剎那間，煙灰缸中升起了高得令人難以相信是一個小小紙團燃起的白色火焰，火焰旋即便消失。

「死者的名字是，比利・瓦金斯！」席蒙娜夫人在火焰消失的地方一字一字以手指刻劃般寫出死者的名字，莊嚴地說道。

「怎麼可能！妳不可能知道的！」羅伯特勳爵以走調的聲音哀叫道，「比利……妳怎麼知道我兒時府裡老僕的名字？他好幾十年前就死了。這女人不可能知道的……」

羅伯特勳爵最後囈語般喃喃這麼說，我頓時感到一股寒意爬上我的背。因為我想起，剛才我確實在火焰中看到了死者的名字……

「這樣您了解了吧。」席蒙娜夫人沙啞的聲音讓我一驚，回過神來。「正如各位所見，靈魂是真的存在的。他們在死後仍對我們說話。我們應該傾聽他們的聲音……」

接下來，我整個人失了魂兒似的，傾聽靈媒師的說明。

「首先想請各位注意的是（以下又是凱薩琳小姐翻譯的話），接下來舉行降靈會期間，要請各位牢牢牽起左右鄰座的手。無論發生什麼事，都不要放手。因為靈魂當中，有些具有非常強大的力量，他們離去時，會將與會者的靈魂也一起帶到另一個世界。只要與左右兩邊的人牽著手，就不至於導致這樣的情況。

此外，有時靈魂會在各位面前現身。但是，遇到這種情形，請各位千萬不要碰觸靈魂。因為成形的靈魂一般力量都非常強大，對各位的靈魂而言是很危險的，而且對靈媒師更加危險。這是因為靈魂要在我們的世界出現，必須使用靈媒師活生生的肉體，靈魂的形體，其實是由靈媒師口中流出的一種氣體凝結而成的。萬一有人觸碰成形的靈魂，光是這樣便足以對靈媒師造成巨大的痛苦，若是對靈魂不敬，甚至可能導致靈媒師喪命。這一點，請各位務必要遵守……」

我們依照席蒙娜夫人的指示，雙手放在桌上，小指與左右鄰居互勾。在人人嚴肅泛青的神情中，我不經意地看過去，唯有夏目一人滿臉通紅，身體浮躁不安地微微搖晃著。那張臉顯然藏不住隨時都會昇天的滿面笑容。對夏目而言，靈魂存在的意義，恐怕遠遠及不上能與鄰座凱薩琳小姐勾手指的意外之喜吧。

「那麼，請熄掉燭火。」

由艾蜜莉、凱薩琳小姐以及我三人，分別從三方向同時吹熄事先便擺放在一起的燭台上的燭火。

伸手不見五指的黑暗立即降臨。

「好痛！」羅伯特勳爵的聲音響起，手指遭到用力拉扯後，鬆開了。

「怎麼了嗎？」史丹佛在黑暗中問。

「有人剛才給了我的頭一巴掌。無禮的傢伙！」

「怎麼可能，所有人的手都互相牽著啊。」

「不要鬆手！」席蒙娜夫人怒道。

「我只是揉一下被打的地方而已。」

「親愛的！立刻照夫人的話做！」奧斯朋夫人尖銳的聲音響起。

「唉，連揉一下挨打的地方也不行啊……」

羅伯特勳爵嘆了一口氣，即使如此，他仍在黑暗中摸索著，再次勾起了手指。

「準備好了嗎……」

席蒙娜夫人這樣說完，便開始以我們不懂的語言唸唸有辭。很快地，這些就不再能稱為語言，只聽到喘氣聲越來越激烈，變成了打鼾般的聲音。可能是因為緊張吧，我覺得勾住的手指好冷。忽然間靈媒師劇烈的喘氣中斷了，靜寂才剛降臨，下一秒，卻被突然響起的鈴鼓聲打破。在黑暗中，感覺得到鈴鼓飄浮在半空中，被扔到地板上。

「哇！」艾蜜莉尖叫，勾住我的手指用力得讓我吃痛。

一回過神來，手底下的桌子開始高高低低地晃動。

放在桌上的號角才剛發出高亢的聲音，卻又馬上也被扔在地上。牆上的大時鐘敲出分明不對時的鐘聲。

時鐘以低得令人發毛的聲音，敲了十下，敲出不是人世的時間。

「……有人來了，是吧？」席蒙娜夫人以沙啞的聲音問。

叩、叩，黑暗中響起兩下敲桌子的聲音。

「……小美莉……小美莉呀。」頭頂上方不知何處傳來一個沉悶的聲音。艾蜜莉「啊」地一聲驚叫。

「爸爸！」

「小美莉，妳在那裡嗎？」這回是清晰的中年男子的聲音。

「我可愛的小美莉啊……」

「會這樣叫我的，只有在我小時候就死去的爸爸。那麼，真的是……」

「當然是真的。爸爸就在這裡。媽媽好嗎？」

「媽媽很好，爸爸。」艾蜜莉的聲音因為淚水而沙啞，「爸爸呢？」

「爸爸也很好。爸爸隨時都看護著妳們。妳們要幸福。」聲音變小了。

「別走，爸爸！我還有話要跟你說……」

「媽咪！」換成一個幼童的聲音。

「愛德？是愛德華對不對！」奧斯朋夫人驚喜地叫道。

黑暗中，響起了愉快的偷笑聲。

「啊啊，愛德！我心愛的兒子！親愛的，親愛的……」夫人叫羅伯特勳爵，「你也對他說說話呀！我們唯一的兒子、三歲就離開我們的兒子來找我們了。」

「嗯。」羅伯特勳爵呻吟般說。

「啊啊，愛德，我可愛的愛德華！」奧斯朋夫人焦急地說，「你難不難受？會不會很痛苦？那時候你是那麼的痛苦……」

「我很開心。現在好開心呢！」說話還不很流利的幼小聲音答道，「媽咪，不要擔心哦……」

「愛德華！」

「愛德華！」

「喔喔、喔喔……」席蒙娜夫人忽然痛苦地叫道。

我心頭一驚，在黑暗中睜大了眼睛，只見她所坐的地方，正好在嘴的高度那裡，流出白色煙霧般的東西。

「叛徒！」

「叛徒！」

「叛徒！」

這次，頭頂上落下三聲性別年齡不明的神奇叫聲。

沉默之後，過了一會兒，一個圓潤的女子聲音在嘆息中問道：

「……是被那把斧頭所殺的吧？」

沒有任何回答，只聽到咻、咻磨斧頭般的聲響。

「您說的話我聽不懂。」剛才的女子聲音嘲諷對方般說，「變節的，是你。只有我與我丈夫所相信的道路上，才找得到這個國家的正義。變節的，是你……」

磨斧頭的聲響停了，響起了連續揮動斧頭時那種銳利的破空之聲。一回過神來，桌子又喀嗒喀嗒地抖動。

「你才應該為自己的所作所為感到羞愧！」女子的聲音第三度在黑暗中響起，「若我的丈夫先我一步，那麼我便追隨他，若我先他一步，那麼我會要他和我一起走。走上正確的道路，走向正確的國家。」

磨斧頭的聲響、破風的聲響更加激烈了。此刻已經可以清楚看見白色霧狀的東西飄到桌上。白色的霧氣似乎形成了一個即將站起來的人形。

女子堅毅卻又像嘲諷對方般低沉的聲音充斥在黑暗中。

「我沒有別的話好說了。」女子的聲音說道，「主啊，我將我的靈魂交在祢手裡……」

突然一陣混亂。

「別說了！別再說了！」羅伯特動爵大聲叫道。一個黑色的人影趴在桌上向白霧伸出手。

「不行，不能碰！」

有人尖叫。

啪喳！似乎有水濺在地上。有清喉嚨般的呼嚕聲。接著，只聽見悶悶的慘叫聲，椅子發出巨響倒下。

「來人啊！快點蠟燭！」

「點……快開燈！」

在一陣人們慌亂相撞的聲音之後，房間的燈總算亮了。

在刺眼的光亮中，首先映入我眼簾的是，羅伯特動爵活像青蛙般趴在桌上的身影。凱薩琳小姐站在門邊。看來是她在這陣混亂中找出了電燈的開關，打開了燈。

其他的人全都在自己的座位附近眨著眼睛。

「呀啊！」奧斯朋夫人發出尖銳的慘叫向後退，「夫人她……席蒙娜夫人她……」她這麼說，顫抖的手指指著地板。

所有人都朝奧斯朋夫人指的東西看。

席蒙娜夫人仰倒在地上。

「紅的……好紅。」夏目一臉茫然地說。

靈媒師的喉嚨發出駭人的呼嚕呼嚕聲，嘴唇喃喃說著什麼。

我推開其他人走近靈媒師，抓起她的手腕把脈。我站起來，環視眾人，說道：

「她死了。」

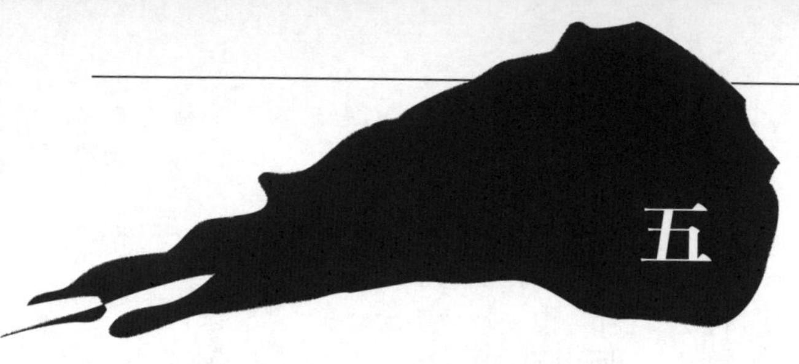

五

雷斯垂德探長

不久，蘇格蘭警場派出的一隊制服警察便抵達了卡萊爾飯店。我認出領頭的人物，便出聲招呼。

「雷斯垂德，來的是你真是太好了。」

「哦，醫生，您怎麼會在這裡？」

驚訝地回頭的，是一個身材瘦小、穿著樸實的咖啡色衣服、乍看之下毫不起眼的人物。但是，別看雷斯垂德探長這樣的外表，他可是一個精力旺盛、極其優秀的警官。實際上因為他鍥而不捨的偵查破獲了許多案件，如今在蘇格蘭警場極具聲望。雷斯垂德此刻雖也眨著一雙看似睏倦的眼睛，但看得出他的態度卻像是盯住獵物的黃鼠狼，再小的動靜都不放過。過去，他數度來找福爾摩斯討教一些難以偵辦的案件，因此與我彼此認識。

雷斯垂德探長命其他降靈會的與會者在休息室等候，單獨請我到案發現場，也就是後面的房間。變亮的房間裡，絲毫感覺不出靈魂的氣息。然而，一踏進房間的那一剎那，我便忽然感到一陣奇異的不協調感，於是我環視四周。我覺得好像有人盯著我看，但這是不可能的。

我坐在自己剛才所坐的椅子上，在雷斯垂德的提問下，細述自己來到這個地方的前後經過、與其他與會者的對話、會中只能以靈魂作祟來解釋的奇異現象，以及隨後發生的靈媒師猝死等等。

雷斯垂德探長除了偶爾提出幾個簡短的問題之外，其他時候都默默傾聽，等我說完了，才輕輕嘆了一口氣。

「真是件怪事。簡直就像……」話沒說完，他就把下半句吞下去。雷斯垂德隨即皺起眉頭問道，「這麼說，醫生，依你的想法，是認為『靈媒師與靈魂通信的結果，嘴裡吐出煙霧，因羅伯特勳爵對煙霧亂來，她才死亡的』？」

「就可能性而言，這樣的事情也是可能的吧。」我點點頭，把才剛學到的知識搬出來，「靈媒師嘴裡出現的不是『煙霧』，而是『靈的外質』。靈魂的物質化現象，在這種場合據說是很正常的。」

「也許是吧。」雷斯垂德的神情顯得有些意外，「但是，這次的命案和靈魂、什麼外質的都無關。」

「怎麼說？」

「我們警方所重視的，不是靈魂怎麼樣、煙又如何這種莫名其妙的問題。我們想知道的只有一件事：是誰毒死了這個女人？」

「毒死！」我驚聲叫道，「怎麼會……」

「假如您不相信，就親自確認吧。」

我走近還躺在房間地上的死去老婦人，鼻子湊近死者的嘴。

「杏仁的味道……這麼說，這是……」

「初步可以認定是氰化鉀沒錯。」

「但是，是誰下的手？怎麼下手的？」

「我們也很想知道。」

雷斯垂德再次問我：

「你知道遇害的女人是什麼人嗎？」

「她自稱是席蒙娜夫人。應該是法國人吧。因為她說法語。」

「沒有的事，這女人叫『蘿拉・伊翠斯』，和我們一樣，是如假包換的英國國民。只不過，這大概只是她好幾個假名裡的其中一個吧。」

「英國人？假名？不會吧。」

「死掉的老太婆，是我們老早就盯上的出名騙徒。她今天會落到這種下場，也可說是自作自受。自己種的因，自己結的果。話雖如此，既然是殺人命案，警方就不能不管。」

「那麼，你是說，今天的降靈會也是造假的？」

「那當然了。是新的詐騙手法。」

「可是，活動是完全免費的啊，沒有向任何人收取費用。她究竟要怎麼詐騙？」

「這就是重點了。蘿拉婆婆這回想的主意可高明了。」雷斯垂德佩服般地輕輕搖頭，「她免費邀請人來參加這年頭流行的降靈會。當然，要宣傳老太婆是歐洲頭號靈媒師。故意使得邀請函一紙難求、裝模作樣，都是騙徒的慣用手法。她會在這樣邀請來的客人當中，加進她盯上的一頭肥羊。降靈會一開始，老太婆就以肥羊才懂得的話亮出她手中握有的把柄。作法是這樣的：『我知道你如此這般的秘密。不希望這些事情被宣傳出去，事後我們就好好談談。』」

「勒索啊……」

「對，這種犯罪本身是自古以來便存在的。」探長聳聳肩，「其中的新創意，就是將把柄在眾人面前亮出來這一點。當著其他人的面，被勒索的人也不敢對老太婆亂來。」

「這麼說，兇手是……」

「問題來了。」雷斯垂德探長憂慮地蹙起眉頭，「剛才你是這麼說的吧。『靈媒在斷氣前，好像說了「什麼夫人」』。與會者當中，有『夫人（註）』稱號的，就只有一位。」

「這，可是不會吧……？當時我也十分驚慌。多半是我聽錯了。」

就在這時候，一名警察快步走來，低聲向雷斯垂德說了幾句話。雷斯垂德才抬起頭，通往鄰室的門就開了，動爵大步走進來。

「這是怎麼回事！」動爵脹紅了臉，氣憤地說，鬍子都隨之顫抖。

「請您別激動，大人。我們……」

「不是！」

「啊？」

「叫我羅伯特動爵。」

註：此處的「夫人」原文是レディ，即英文中貴族之妻的稱號，Lady。如文中的動爵之妻莉莉·奧斯朋夫人，便為Lady Lily Osbourne。與一般中文中尊稱已婚婦人的「夫人」（如席蒙娜夫人的夫人則為madame）中文雖均慣譯為「夫人」，但意義不同。

「是。那麼恕我失禮，羅伯特勳爵。我們並不是懷疑勳爵，問題只是形式上的……」

「不是！」

「那麼是為什麼呢？」

「把我和我內人安排在另一個房間是怎麼回事？」

「您的意思是？」

「你要搞清楚，假如我和我內人都是這次命案的嫌犯，就用不著安排單獨的房間。混帳東西，竟然因為我是貴族就給我特別待遇。平等與現實主義，這才是即將來到的勞工社會所倡導的理想啊。這裡就行了。好了，要問什麼快問。」

羅伯特勳爵這麼說，一屁股在空椅上坐下。雷斯垂德顯得有些錯愕，但露出一絲苦笑後，他朝向勳爵說道：

「那麼，我就直接問了。羅伯特勳爵這次參加降臨會，是基於什麼原因？」

「哪有什麼原因。是我家那口子說她無論如何都想來，我只好陪她來了。」

「降靈會中，勳爵是否曾發現什麼可疑的聲響、狀況？」

「沒有，我什麼都沒發現。」

「真奇怪。您坐在緊臨死者的左方。這麼說，兇手是從右方靠近死者的嗎？」

「這我怎麼知道。你應該去問坐在她右手邊的凱薩琳小姐。」

「說的也是。」

「還有什麼別的要問我的嗎？」

「有的。」

「那就問吧。」

「死者死前，據說勳爵曾大聲說話，亮燈時，您在桌上，怎麼說呢，坐著。可以請您告訴我原因嗎？」

「這個啊。那也沒什麼，因為我夭折多年的獨生子艾德華現身了。我只是想摸摸他而已，而且這也是確認哈姆雷特所說的『死亡不過是睡眠』的好機會。」

「事前應該已聲明嚴禁觸碰靈魂才對啊？」

「是啊，我可能是草率了些。」勳爵聳聳肩，「可是，我沒想到那麼做，靈媒師真的會死啊。」

「她並不是因為勳爵行動而死的。這一點請您放心。」雷斯垂德輕輕行了一禮後說道，「對了，在降靈會開始之前，據說您受到其中一名與會者的刁難？」

「哈哈啊，你是說夏目先生吧，他是個相當有趣的人物。」

「據這位夏目先生說，您似乎有什麼私人問題。可否請您告訴我們，翟爾斯是什麼人？」

「翟爾斯……他啊，對，是我的牙醫。我皺眉，是因為看了他催我去看牙的信。」

「可以讓我們看那封信嗎？」

「你說什麼！」勳爵跳起來說道，「警方連這麼私人的事都要管嗎！」

「這一切都是為了破案。」

「好吧，我剛才說的是假話。」

「那麼，請您說真話。」

「身為貴族的人，豈能在這種地方談論他個人的秘密。」

「那麼，我們還是到那邊去談吧。」

在雷斯垂德殷勤周到的催請下，羅伯特勳爵的臉和剛才進來時一樣脹得通紅，站起身來。

「最後一個問題。據說死者斷氣之際，曾留下臨終的話，勳爵也聽到了嗎？」

「哦，那個我聽得很真確。那個靈媒師說了『馬克白夫人（Lady Macbeth）』才死的。『她遲早要死的。熄滅吧，熄滅吧，短暫的燭火！人生不過是個會走動的影子。是個可悲的演員』……」

羅伯特勳爵吟著馬克白的台詞離開房間後，雷斯垂德回頭以疲累的聲音問我：

「勳爵為何特地跑來說謊？」

「你是指翟爾斯那件事？」

「不，我是指『馬克白夫人』。」

「那是謊話？」

「勳爵的反應實在太快了，一定是早就準備好回答那個問題了。」

「不會吧？羅伯特勳爵為什麼要那樣……」

忽然間，背後爆出一個突兀的聲音。

「看哪！華生！」

聲音是從下方傳出來的。我連忙往桌子底下一看，只見夏目矮小的軀體鑽進椅子和椅子之間，趴在地上。

「你什麼時候跑到這裡的？」雷斯垂德驚訝地問。

「什麼時候？我打從一開始就在了。這不重要，你們看這個。」

夏目手上的放大鏡對著地板的一角，另一隻手頻頻朝我們招手。雷斯垂德與我對望一眼，無可奈何地離開了椅子，去看夏目指的東西。

「什麼啊，不就是假山茶花嗎？」我倍感掃興地說道，「一定是騷動之中掉落的。這又怎麼了……咦？」

地板上的山茶花微微動了一下，不是我的錯覺。它又動了一下……

夏目伸手小心地將朝下掉在地上的山茶花拿起來。我覺得很蠢，不由得笑出來。原來山茶花底下有一隻小甲蟲。

「假花掉落的時候，剛好罩住了這隻蟲子。」夏目朝向我說：

「山茶花不是花瓣一瓣一瓣地散落，而是整朵花從枝頭掉落，所以在日本有人討厭山茶花。說是會令人聯想到『落首』，但這又不是山茶花的錯。是造成這種聯想的文化才野蠻。」

「這是哪位？」雷斯垂德悄悄問我。

「夏目先生，來自東洋島國日本的留學生。」

「這我知道。東洋來的留學生怎麼會跑來參加降靈會？」

「他是我的病患。」我小聲說道，「說來話長，總之，夏目自以為他是福爾摩斯。」

「哦。」雷斯垂德瞪大了眼睛。

這段期間，夏目仍手持放大鏡，忙著在地上到處爬。

「那麼夏目先生，您發現了什麼重大的線索了嗎？」雷斯垂德再度往桌子底下探，對夏目說。

「我找到了幾個細微的東西。事實上，沒有比細微的東西更重要的了。例如這個。」夏目把剛才撿起來的山茶花拿到我面前，「華生，你看了這個，沒有注意到什麼嗎？」

「沒有啊，沒什麼特別的。」我無奈地說。

「那麼我問你，在你看來，這山茶花是什麼顏色？」

「這當然是紅……」

我頓時說不出話來，環視整個房間，插在花瓶裡的許多白山茶花全都變紅了。假靈媒師被毒死的一連串騷動，使我對這件事完全視而不見。我忽然間想起房裡燈亮的時候夏目脫口而出的話，「紅的……好紅。」可見得他立刻就注意到花的顏色變了。

「如何，華生。」夏目得意洋洋地說，「接下來我要和探長稍微談談——啊，你可以待在這裡。要是傳記作者不在場，總叫人沒勁。話說回來，什麼靈魂啊，我剛才想笑得不得了。誰叫你們在靈媒師在說話的時候，聽得一本正經的呢。……對了，雷斯垂德，我們先做個有趣的實驗吧。」夏目忙碌地這麼說完，便將一個銅板交給錯愕的探長。

「把這個藏在你其中一隻手裡，看你是要在身後藏還是到別處去藏都可以，不要讓我看見。好了？那麼，把雙手伸出來。意識集中在拿著硬的那隻手上。不行不行，要更專心。可以了！」

夏目跳起來指著雷斯垂德的右手，叫他打開。探長打開右手，手裡果真有銅板。

「神奇嗎？很神奇吧！但是，這可不是靈魂告訴我的。告訴我硬幣在哪裡的，是探長的鼻子。人類的神經集中在左右的某一方時，鼻尖會在不知不覺間朝向那個方向。也就是說，只要看鼻尖，就知道硬幣藏在哪一隻手裡。不過假如藏的人是日本人，大概是因為鼻子扁，無法靠這個方法猜中，實在傷腦筋。席蒙娜夫人所展示的也是同樣的把戲。那些根本沒什麼神奇可言。」

「所以我打從一開始就說她是騙徒了啊。」雷斯垂德困擾地低聲說。

「與靈魂通信、預感、第六感、不安，」夏目不理探長，以又高又尖的聲音繼續說，「這些往往都是騙人的。好比身邊親近的人死了。你立刻就會想起昨晚做夢夢到黑貓。當然假如沒有人死去，哎呀，黑貓就這麼被忘記。……從掉落的青銅飾品下撿回一命，可不是因為第六感。頭頂上有個又大又重的青銅飾品在那裡搖搖欲墜，誰能不感到不安呢。……有不祥的預感，沒走平常走的路，剛好發生強盜案。這也是因為不願意獨自一人摸黑走路，而且也可能在自己也沒意識到的情況下，看到不正派的人物在附近徘徊。而且既然有人被殺，那麼不就表示那個人沒有靈魂來警告、保佑嗎？」

「可是，」夏目那得意洋洋的樣子令我不快，我開口說道，「你剛才展示的猜硬幣的本事，無論如何都有二分之一的機率。但剛才席蒙娜夫人的可不是這種小把戲。別的不說，在黑暗裡聽到的那好幾個令人發毛的聲音，要怎麼解釋？」

「腹語術啊，華生。日本每個地方的雜耍戲棚都會表演。」夏目聳聳肩，「哎，說到這，死人的靈魂說『爸爸很好』還真是嚇人吶。那時候，我真不敢相信我竟然忍得住笑。」

「那麼，原本放在桌上的鈴鼓和號角是怎麼發出聲音的？」

「那是靈媒師自己親手去弄出來的。」

「親手？她兩手一直都分別交給了坐在兩旁的羅伯特勳爵和凱薩琳小姐啊。」

「哎，你的說法實在錯得令人頭痛。聽好了，我們依照靈媒師的指示，和左右的人以小指頭勾在一起，不是握手。更何況靈媒師並沒有一直和人勾著手指。」

「怎麼說？」

「房間一變暗，羅伯特勳爵不是立刻就放手了嗎？」

「這倒是，他說有人打他的頭……」

「那是這麼做的。」夏目取出他藏在上衣內口袋的短棒，銜在嘴裡，轉動頭用力打了我的頭。

「在黑暗中頭被打，任誰都會立刻放手的吧。」

「可是，手又馬上牽起來了啊。」我摸著被打的地方說。

「是手指。」夏目再次糾正我的話，然後拉起我和雷斯垂德的手，分別和自己左手的小指與姆指勾在一起。「到了她那個年紀，在黑暗裡光靠觸覺根本分不出小指還是姆指。而且，你們看，那個老太婆的姆指不是特別長嗎？這麼一來，喏，右手就可以自由活動了。什麼搖鈴聲、磨刀聲，單手就能揮動可以發出類似聲音的東西。順便再告訴你們，鐘響了當然是因為事先就調好在那個時間響。」

「可是……這樣的話，那個呢？席蒙娜夫人不是在火焰中看出羅伯特勳爵寫的那個她不可能知道的死者的名字嗎。你該不會要說那也是騙人的吧？」

「哼，那是個稍微有點意思的魔術。」夏目不懷好意地笑著說，「聽清楚了，華生。你回想一下，那時候靈媒師是怎麼指示羅伯特勳爵的。

首先，他說在五個欄位裡各自寫下一個人的名字，一共是五個人。但是，其中一欄要寫的是死者的名字。聽到這句話，大多數的人腦海裡最先想的，就是死者要填誰的名字吧？而同時，一般人相當不願意以『死者名單』為首，填入在世的友人名字。因此寫在最上面的名字，就能夠排除在死者名單之外。問題是第二欄之後。你回想一下，羅伯特勳爵正要寫第二個名字的時候，靈媒師插嘴說『請寫我不知道的人』。忽然被打斷的勳爵，為了思考靈媒師知不知道那個人，便稍事停頓……如果勳爵當時正準備寫死者的名字，因為打從一開始想的就是靈媒師不知道的人，所以是不需要停頓的。再說，你應該也記得，接下來靈媒師也是看準了勳爵要寫名字的那一瞬間，再三提醒，幾乎到了令人厭煩的程度。她便是這樣確認勳爵的反應的。」

「那麼，沒有什麼重量的紙團掉在桌上時怎麼會發出那麼大的聲音？還有……對！燒掉寫有死者名字的紙團時，名字發亮又該怎麼解釋？我自己就在火焰中看到了死者的名字。」

「聲音不是因為紙團撞到桌子造成的，是這樣來的。」

夏目這麼說，用力在桌子底下用手指使勁一彈。叩！聲音意想不到地響亮。

「華生，你是不可能在火焰中看到死者的名字的。因為那時候燒掉的紙團，上面寫的根本是另一個活人的名字。」

夏目這麼說，然後從口袋裡取出四個小紙團放在桌上。

「這些掉在地上，我剛才撿起來的。」

我一一打開皺成一團的紙團。其中一個名字便是羅伯特動爵寫所的死者「比利·瓦金斯」。

「靈媒師燒哪一個紙團都一樣。」夏目說得很輕鬆，「她只要在適當的時候發出聲音，燒掉那個紙團就行了。」

「既然這樣，她怎麼知道名字的？」

「哎，我剛才說的你都沒聽進去嗎？」夏目受不了似地說，「羅伯特動爵寫名字的時候又沒有躲起來。靈媒師是看著他寫的。換句話說，她在那個時候就能夠找出是哪個是死者的名字了。做紙團、讓桌子發出聲音，當然還有燒掉紙團，本來就是完全不必要的，純粹是畫蛇添足。那些把戲是為了唬住觀眾的表演。」

「原來如此。先入為主這種事，還真是不能小覷啊。」喃喃這麼說的雷斯垂德對夏目問道，「既然如此，夏目先生，你已經知道這件命案的兇手是誰了吧？」

「兇手？」夏目似乎沒料到他會這麼問，顯得慌張，「兇手是……對……個子很高……身高超過六呎的壯年人……左撇子……穿著方頭鞋……臉色紅潤……抽印度產的特里奇那波黎雪茄……（註）」

夏目邊說，邊慢慢鑽進椅子之間。往桌子底下一看，夏目背對著我們，用放大鏡細查地板的一角。

我和雷斯垂德相視苦笑。

「話說回來，」我問探長，「『先入為主不能小覷』是什麼意思？你該不會是說夏目的推理正確吧？」

「但是，醫生，蘿拉婆婆在冒牌降靈會中所用的手法，正如夏目先生所說。」雷斯垂德以憂心忡忡的神情將警方的調查結果告訴了驚愕無語的我。

「例如，剛才提到的靈魂的外質什麼的煙霧狀東西──據你的說法，是『靈魂物質化』的結果，但那八成是真正的煙。我們已經在死者的物品中找到了造煙的裝置，還有藏在房間角落裡的電燈。打開開關，便會有一道細細的光正好打在死者所坐的桌子上方。

看樣子，人類似乎是會把東西看成自己想看的樣子。在黑暗中，當光照在朦朧的煙霧上，參加降靈會的人十個有九個會說他們看到人形，這才真叫我們驚訝呢。你說蘿拉婆婆

註：夏目在此說的是福爾摩斯於《暗紅色研究》中對兇手的描述。

在開始之前，曾說過『告訴中世紀不知道電力如何運作的人現今可以不升火就有光，他們也絕對不會相信』之類的話？真是大言不慚。

還有，您提到的『有不可思議的聲音從頭頂上方傳過來』，腹語術也是一樣，但還有更簡單的辦法。也就是蘿拉婆婆含住事先準備好的長管子，從管子說話。那許多罩在與會者頭上的假花，其實就是為了藏住管子。我們剛才已經在假花之中，找到管子另一端的喇叭狀開口了。

花的顏色不知不覺間改變，也是老太婆的常用手法之一。當降靈會在黑暗中結束，亮燈時花的顏色變了。與會者於是又吃了一驚。事實上這說不上是什麼把戲，只是一種機關，趁暗在花瓶裡滴進紅色的墨水，莖的部分吸起紅色的水，花的顏色就會變了。

對了對了，剛才夏目先生破解的死者名單。據說蘿拉婆婆過去靠那個辦法卻弄錯過幾次，唸出活人的名字。遇到那個時候，老太婆會不慌不忙地說『死亡正接近那個人。這是靈魂的警告』，讓與會者更加深信不疑，您說是不是很驚人？

除了這些，蘿拉婆婆還會變換各種方法，就我們的調查所知的，至少就有二十種『呼叫靈魂』的方法。也就是說，用大姆趾關節發出聲響這種老掉牙的方法就不用說了，還有把紙片貼在蟑螂背上來移動紙片這種獨特的方法，實在好笑。其實也用不著這麼費事，聽說某位夫人在黑暗中光聽到剝開餅乾的聲音就昏過去了。不過，無論是哪一種方法，都是很單純的、向來都很常見的手法。英國腦筋正常的紳士淑女竟然如此簡單就受騙上當，實在叫我們警方頭痛。真是的，世界上『不迷信卻相信惡魔』的人有多少，要是統計出來保證讓您不敢相信。

這次的罪行——不可能是蘿拉婆婆用複雜的手法自殺，所以可以判斷是毒殺——是反過來利用冒牌降靈會的精巧殺人案。兇手恐怕是事先在蘿拉婆婆銜的其中一條管子塗了氰化鉀。

那麼，是誰、為什麼要這麼做？醫生，你實際參加了降靈會，有沒有注意到什麼疑點？」

「遠遠談不到疑點，一切都太出乎我的意料，我整個腦子都亂了。」

探長遺憾地搖搖頭，自言自語般喃喃說道，「不過，沒想到識破蘿拉婆婆的騙人手法的，竟然是個妄想纏身的東洋人啊。照這個樣子，天曉得其他人藏了什麼秘密。」

雷斯崔德抬起頭來，對站在門旁的年輕警察說道：

「請艾蜜莉・懷特小姐過來。接下來要問她話。」

我一看，夏目還拿著放大鏡在地上到處爬。我拉住他的手，要他站起來，想叫他離開。這時候，剛才那個警察神色古怪地回來了。

「艾蜜莉・懷特小姐不在。」

「不在？什麼意思？」雷斯垂德問道。

「她說『想去補個妝』，離開了休息室……」

「那就等一下。應該不久就會回來吧。」

「可是，那個……」年輕警察似乎很困惑，吞吞吐吐地說，「她離開房間，已經是三十分鐘前的事了。」

「你說什麼！怎麼會！那麼……」

臉色發青的警察驚疑不定地環視房內，說道：

「已經請飯店的人把每個地方都找過了，但就是找不到她。懷特小姐像煙一樣，從這個飯店消失了。」

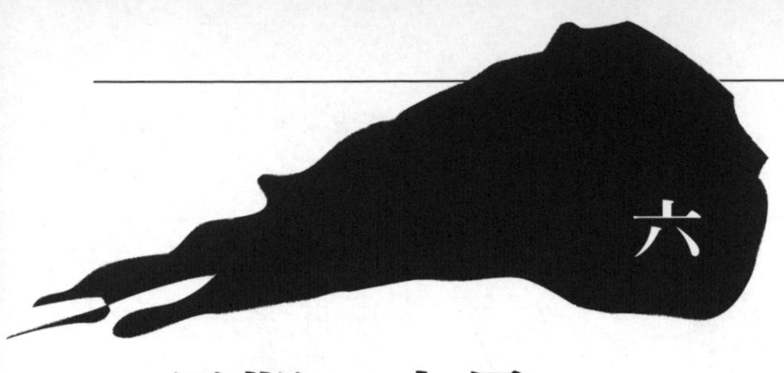

星期二之男

翌日早上十點，夏目已經坐在貝克街二二一號B座的扶手椅上了。

前一天警方的偵查因艾蜜莉・懷特小姐意外失蹤而被迫中斷。我從沒見過雷斯垂德那麼生氣。遭到探長痛罵而嚇得發抖的警察們立刻像小蜘蛛般四散於飯店內，忙忙亂亂地把所有地方毫無遺漏地——從餐具櫃後方到地毯底下——以吋為單位進行搜查。然而，不知怎麼回事，艾蜜莉小姐依然不見蹤影，正當所有人納悶時，意外的事實才水落石出。

的確，沒有任何人看到艾蜜莉小姐離開飯店。然而，卻有許多人目擊一位身分不明的老太太大大方方地從飯店的正門離去。當時，站在大門的警察以為那位老太太是飯店的旅客，不但沒有阻止她離開，還有禮地為她開門。

雷斯垂德已不是生氣，而是驚異地問那個警察「為何不照命令行事」。

「可是，探長大人，」警察傻呼呼地答道，「探長大人下令在偵訊結束之前不得讓命案相關人士離開飯店，可是卻沒有下令禁止飯店的旅客出入。我一開始也看過命案相關人士的長相，裡面並沒有那樣的老婦人。……對，離開的人再怎麼看，都是個氣質高雅、穿著深色衣物、滿頭白髮、身形嬌小、彎腰駝背的老太太。」

為求慎重，他們也向飯店確認過了，飯店並沒有這樣的旅客，這麼一來，那個離開的老太太應該就只能是喬裝改扮的艾蜜莉小姐。雷斯垂德同時緊急派人到金融區。果不其然，她說她當打字員的那家公司根本不存在，就連艾蜜莉・懷特這個名字，也很有可能是假名。

於是，她是基於何種理由來參加降靈會，不，就連要確認她究竟是什麼人的一切線索都斷絕了。

查出這些時，已經是當天很晚的時候了。雷斯垂德問明了命案相關人士的住處後，讓所有人離開。當時他雖對我們說「擇日再向各位請教」，但任誰都看得出警方認為離逃現場的艾蜜莉小姐最為可疑。

夏目深深坐在福爾摩斯專用的扶手椅中，以極其滿意的神色說道，「華生，這次的案子你怎麼想？」

「真是件奇怪的案子。」我暗自苦笑，配合著夏目說，「不過，雷斯垂德探長已經全力展開調查，相信不久就會真相大白的。」

「哼，雷斯垂德！」夏目靈巧地以他扁塌的鼻子發出嗤笑，「是啊，他在無能的探長當中，算是精明能幹的了。然而，他畢竟思想僵化，又缺乏想像力，每次都會被案子難住。這次的命案雖然簡單，卻有一、兩個值得特別注意的地方。雷斯垂德破不了這個案子的。不久他就會來訴苦了。」

「是嗎？」

「當然。所以在那之前，我們先把案子整理清楚。首先，告訴我你的想法。」

「我的想法啊，我也認為艾蜜莉小姐——據說是假名，不過姑且還是這樣稱呼她吧——最為可疑。應該是她殺害了蘿拉婆婆，害怕被捕而逃走。」

「殺人的理由是什麼？」

「這個就不知道了，恐怕只有她本人才曉得。」

「聽好了，華生。」夏目從對他來說太大的那張椅子裡探出身來說道：

「的確，艾蜜莉小姐為何特地換了衣服、不惜改裝也要在那家飯店演出失蹤記？這是一個很大的謎題。然而，若這是謎題，昨天的降靈會上還有更令人不解的事。」

「令人不解的事？可是，那些你昨天不是就和雷斯垂德一起解開了嗎？」

「那我問你，奧斯朋勳爵夫妻感情不睦，就連初次見面的我都看得出來。莉莉・奧斯朋勳爵夫人連一次都沒靠近勳爵，一直保持距離，一副事不關己的模樣。然而，他們卻連袂參加降靈會，為什麼？我昨天回來之後查了一下，果然，兩、三天前的報紙刊出了莉莉・奧斯朋夫人捐了一大筆錢給教會。根據報導，自從失去獨子以來，她完全投入慈善事業，樂善好施到如今已被稱為『慈善阿姨』了。而她為何偏偏參加了這次的降靈會？

還有，羅伯特勳爵在黑暗中的狼狽相又怎麼解釋？他為何想中斷降靈會？你記得嗎？他甚至頂著那個大肚子爬上桌子。奇怪的不止這些。死者臨死之際說的話，她說的確實是『某某夫人』。那究竟是什麼意思？羅伯特勳爵為何謊稱死者留下的遺言是『馬克白夫人』？再加上我昨天指出的翟爾斯，他是什麼人？羅伯特勳爵非常在意他的來信。聲稱翟爾斯是勳爵的牙醫，這個說法勳爵已經親口承認是謊言了。」

「慢著，夏……不，福爾摩斯。」我訝異地說，「你這樣簡直是在懷疑羅伯特勳爵和莉莉・奧斯朋夫人的其中一人。」

「也許真是如此。」

「可是，你也看到了，羅伯特勳爵那個樣子，他愛好社會主義和戲劇，當然是有些怪異，但他是個好好先生啊。」

「『一個人可以表面上笑容可掬，背地裡卻無惡不作』，說這句話的，正是羅伯特動爵喜歡引用的哈姆雷特。不說別的，你想想看，華生，就像雷斯垂德所說的，昨天的降靈會其實是一場機關巧妙的勒索大會。假如與會者之中，有值得勒索的人，那麼除了奧斯朋動爵夫婦還有誰？我認為行凶的動機就在這裡。」

夏目說完得意地笑著。我驚訝於他說的話其實算得上言之成理。雖然異想天開，卻也有他的道理。不，也許妄想纏身的人的邏輯，往往說中正常人想不到的隱藏的真理。我決定從頭認真思索夏目所說的話。這時，夏目忽然問道：

「對了，華生，你待會兒要出去吧？」

「沒有。我本想今天一整天待在屋裡讀狄更斯……」

「別這麼說，你務必要出門。你不必擔心我。要等到真正著手辦事時，我才會借用你的力量。要是你經過布萊德利的店，能不能請他送一磅最烈的菸草來？還有，請告訴下面的哈德森太太，我要一整壺咖啡。麻煩你了。可以的話，你下午再回來我會比較方便。下午我們再來比較兩人對這個命案的感想，我想一定會很有意思的。」

夏目說完，便三兩下換上——不知從哪裡弄來的——紫色長袍和法蘭絨拖鞋。他辛苦地將短腿曲起，讓膝蓋勉強碰到他的扁鼻子，蜷在扶手椅裡。然後，讓黑色陶製的菸斗像怪鳥的喙一樣從嘴裡突出來，閉上眼睛。

看到世界知名的福爾摩斯竟被模仿得如此不堪，令我目瞪口呆，同時內心也極度憤慨。然而，再怎麼說，對方都是個腦袋有問題的東洋人，而且又是我的病患，所以我也無可奈何。我留下夏目，離開了房間。我還為他安排了咖啡和菸，連我都覺得自己為人太善良。

來到大馬路上，我略加思索，決定拜訪克雷格博士。

威廉・詹姆士・克雷格博士，他是為夏目進行個人指導的教授。

昨晚從卡萊爾飯店回來之後，我便在人物百科上查看了博士的資料。根據百科的記載，「生於一八四三年的愛爾蘭人……為在野的莎士比亞學者……一八九九年起陸續出版、注釋詳盡的《*The Arden Shakespeare*》全集監修者之一」。

儘管模糊，但我想起了關於博士的傳聞。據說他為了能夠每天到大英博物館的讀書室研究，毫不惋惜地拋下了威爾斯某大學的教職，如今每天埋首於編纂莎士比亞事典。

不過，仔細想想，這是多麼奇妙的因緣啊。夏目自遙遠的東洋島國前來倫敦，師事克雷格博士。而這個夏目被妄想纏身時，受驚的房東里爾姐妹找博士商量，博士因而透過俱樂部的朋友邁克羅夫特先生委託福爾摩斯。於是，福爾摩斯不在的期間，我就得照顧夏目。然而，夏目一交給我，我們就立刻遇到了離奇的命案。在福爾摩斯回來之前，我必須設法多掌握一些詳情。為此，請教克雷格博士應該是最短的捷徑。

所幸人物百科中記載的住址葛羅斯特街五五A座，離貝克街不遠。我立刻朝目的地走去。

克雷格博士的住處，是位於一幢朝向後巷、就算恭維也很難說是高級的四層樓建築物，其上加蓋的閣樓。爬上狹窄的樓梯，大腿有些發疼的時候，終於來到我要去的那扇門前。我敲敲黃銅門環，一個五十歲左右、臉色很差的削瘦女子把門開了一條縫。看來是博士的秘書。我將名片遞給她，說明求見博士之意，她便默默將門打開，以動作示意我進去。

一進門就是客廳了。雖說是客廳，卻沒有任何裝飾。只是個到處都擺了大量書籍的房間。我報上姓名，博士的臉色雖然有些改變，但仍坐在椅子上說了聲「呀」地伸出毛絨絨的手。

克雷格博士，以福爾摩斯的方式來說，是個具有許多有趣特徵的人。首先，他的長相就不尋常。鼻子高得異常也就算了，還分段，肉也太厚了。一般有這種鼻子的人，容易給別人一種令人厭惡的印象，但博士的鼻子令人感覺到的，卻全然是失衡的幽默。耳朵也很厚，灰色的眼睛從臃腫的眼皮之間露出一點小縫。而整張臉的每個地方都細毛叢生，至於鬍子，則是黑白雜亂，反而是看著他的人令人同情。這張臉有一種應該以野趣來形容的氣質。儘管博士看來遠遠超過他的年齡，但我記得他今年才要滿五十九歲。他穿著條紋長袍，腳上趿著早已滿是毛球的便鞋。假如在外面大馬路上遇到他，我一定會以為他是忘了帶鞭子的車夫。

博士向我指指他對面的椅子，叫我把堆在上面的書移到地板上再坐。

「聽說是個來自愛爾蘭的女孩受到懷疑，是吧？」

等不及我坐下一般，博士揮著手裡的報紙問道。我竟忘了看報，但部分報紙已經以

「毒死詐欺同夥？」為標題，將艾蜜莉・懷特小姐自現場消失、她是愛爾蘭人等消息加以大肆報導。克雷格博士粗魯地攤開報紙，唸出報導的片段：

「『……愛爾蘭知名女騙徒伊萊莎・史密斯……過去曾分別使用好幾個假名……精擅喬裝易容……從十來歲的小姑娘到七旬老婦都難不倒她……警方正傾全力追查這名愛爾蘭女子的行蹤』。……哼，就因為她是愛爾蘭人，就把她當作兇手。」

「因為她悄悄從現場消失了啊。也難怪被懷疑。」我聳聳肩，「而且，除了她之外，所有與會的人都搜過身了，沒有發現任何可能的線索。」

「就算她留在現場，一樣也會被當作兇手的。只要發現她是愛爾蘭人又是天主教徒，光憑這個理由就會被當作兇手。」視線再度落在報導上的博士，忽然發現什麼似地喃喃說道，「原來羅伯特動爵也在現場啊。」

「您認識羅伯特動爵？」

「說不上認識。只是上次在俱樂部的外賓室說過話而已。我根本不想說話，但他來找我說話，總不能置之不理。」

「是在戴奧真尼斯俱樂部吧。那麼，當時動爵和您談了什麼？」

「還問呢！」博士厭煩地大聲說道，「他滿口說的都是寫了什麼莎士比亞也沒寫過的新戲。說什麼『本著寫實主義的精神，將英國歷史戲劇化。』外化的靈魂？天曉得他在說什麼，反正就是這些。對了，好像也說和倫敦塔有關……三百年來，有千百個人愛好戲劇的人都說過這種話。都是些無意義的夢話。雖說正是因為有那些人肯出錢，文化才能延續也是事實。對了，你寫詩嗎？」

「不，我……」

「想也知道。你們英國人只知道忙，一百個人裡頭沒有一個懂詩的。華滋華斯、惠特曼、雪萊，不懂得欣賞他們留下的美麗事物，真是可憐。這一點，日本人就了不起了。你看看，這篇報導裡也提到了日本留學生夏目。我碰巧認識他。他要求我當他的個人教授。不知道為什麼，他一定都是星期二來。我的秘書私底下把他稱為『星期二之男』。我給夏目講解英國詩歌的同時，也能和他大談詩論。他是個懂得欣賞詩、還能夠自己寫詩的人。和我們愛爾蘭人一樣。」

「其實，我正是為了那位夏目先生前來拜訪的。」

「哦，原來你也認識夏目？」

「當然。」我驚訝地說，「交代里爾姐妹將妄想纏身的夏目帶到我這裡來的，不就是克里格博士，您本人嗎？」

「你那裡？」

「貝克街二二一號B座。」

「原來是這樣，我一時給忘了。」克雷格博士拍了一下膝頭說。

「若是您能回想一下夏目為何會變成那樣的前因後果，就更令人感激了。」我這些話已不再是諷刺，「里爾姐妹告訴我，起初是您去探望關在房裡足不出戶的夏目，和他談了許久，之後他就以為自己是夏洛克・福爾摩斯。您究竟對他說了什麼？」

「我只是建議夏目看通俗小說而已。」

「通俗小說？」

「嗯。他快被為數龐大的英國傳統文學壓死了。這也是當然的，英國人用幾百年累積出來的文學，他一個東洋島國來的留學生，才短短一、兩年就想融會貫通，也難怪他會發瘋。所以我建議他看一些時下雜誌上刊載的、輕鬆的讀物。我說，『這也是一種以英文書寫的文學。』當然，我這麼說，是為了減輕夏目心中的壓力。然而，夏目太老實，竟徹底研讀通俗小說，甚至還做了這種東西貼在房間裡。」

克雷格博士說完，從散亂的書桌上拿出一張紙。

「夏洛克・福爾摩斯的特點」

一、文學知識——無。

二、哲學知識——無。

三、天文學知識——無。

四、政治知識——淺薄。

五、植物學知識——不定，但通曉顛茄、鴉片，及其他一般毒物。

六、地質學知識——僅具實用性的知識，一眼便能識別各種土壤。

七、化學知識——深厚。

八、解剖學知識——精確但無系統。

九、通俗文學知識——淵博，熟知上一世紀發生的所有可怕罪行。
十、小提琴拉得很好。
十一、精通棒法、拳擊與劍擊。
十二、深諳英國法律實用知識。

這是從我公開福爾摩斯偉大事蹟的第一篇紀錄（作者註：《暗紅色研究》）摘錄出來的。

「夏目似乎深信這就是應付諸實踐的文學。他首先著手的，是小提琴。夏目來我這裡時，也會拉很久的琴給我們聽……」博士臉上首次出現為難的表情，「那琴聲，比發情的貓叫聲更糟。害得我在他來的那一天晚上惡夢連連。接下來他埋頭做會發出異味的化學實驗，幸虧是在他的住處進行，否則這幢建築物的居民肯定會聯合起來，把我趕出這個我住慣的房子。」

「所以，您才叫他到我那裡去？」

「難道還有別的辦法嗎？哎，事情到了這個地步，不如乾脆讓夏目當當夏洛克・福爾摩斯，且看結果如何。」

我實在無言以對，克雷格博士是個遠超乎我想像的怪人。不，被妄想纏身的，莫非不是夏目，而是博士？

「你知道為了隱藏屍體而發動戰爭的將軍的故事嗎？」克雷格博士果然又說起八竿子

打不著邊的話，「有個將軍，因為私人恩怨而殺害了一個年輕人。當然，雖貴為將軍，殺了人一樣也會被問罪。於是將軍為了湮滅自己的罪行，想出了一個極為巧妙的辦法。翌日，他下令旗下一連軍隊發動以卵擊石的突擊作戰。戰事當然失敗了，戰場上己方的士兵屍體堆積如山。將軍將自己殺害的男子屍體混進去。他因戰敗而被免除了將軍一職，但終究沒有被追究殺人罪。」

「就邏輯遊戲而言，的確相當有趣。」我疑惑地說，「這是什麼寓言故事嗎？」

「邏輯遊戲？寓言故事？笑死人了！我說的是不久前英國在南非發生的事。」

「我無意冒犯，不過，若是這樣，那麼與事實似乎有些出入。」

「哦？什麼樣的出入？」博士傾身向前問道。

一開始，我以為克雷格博士是在開玩笑。然而，博士的樣子竟顯得格外認真。我忽然間想到，博士可能真的對那場戰爭一無所知。正常人無法想像的事，對這個輕易放棄大學職位、只來回於閣樓和大英博物館之間的這位莎士比亞怪人學者，並非是不可能的事。不僅不會不可能，搞不好博士連去年維多利亞女王駕崩都不知道……？

「說啊。」博士再次催我。

「這次英國在南非發動戰爭（註），有幾個正當的理由。」我拗不過他，只好開口，「其中之一，便是先移民到南非的荷裔波耳人對後來的英國移民不當課稅、限制選舉權等等政治不平等。而波耳人又長期奴役、虐待當地的黑人勞工。原住民於是向聲明廢止奴隸制度的英國尋求保護。

一八九九年十月，波耳人——多半是對於英國移民在南非的發言越來越有力而抱持危機感吧——終於訴諸武力，欲將英國人趕出南非。就英國本國而言，事已至此，自然不能坐視，便起而應戰。

最初，戰況對我方極其不利。大英帝國犧牲慘重，到了今年五月，才好不容易贏得勝利。

大英帝國在南非的戰爭，是為自由與民主主義而戰的正義之戰。並非部分反政府勢力所宣稱的不義之戰。更不是如您剛才所說的，某將軍為了隱瞞自己罪行所發動的戰爭。」

「你所說的大英帝國，我們愛爾蘭也包含在內嗎？」

「咦……？當然，愛爾蘭是大英帝國的一部分啊。」

「哈、哈、哈！」博士突然大聲發笑，「你的話相當有趣。如果是邏輯的遊戲，或是什麼寓言的話。」

「我剛才說的，並不是邏輯遊戲，也不是寓言，而是事實。」

「哼！正義之戰？」博士以嘲諷的語氣喃喃自語般說道，「天底下哪有這種東西？你想想看，在事態惡化到那種程度之前，當地的英國移民，還有母國大英帝國的政治家究竟做了什麼？說到底，避免造成戰爭、暴力的，不就是政治這玩意兒的本意和政治家的本分嗎？戰爭往往是政治失敗的結果。而政治家往往是為了掩飾自己工作的失敗而發動戰爭。

註：此處指的是第二次波耳戰爭，發生於1899至1902年。

既然如此，這和想掩飾殺人罪的將軍到底有什麼不同？話說回來，沒想到你竟真的支持戰爭。我真是看錯你了，醫生。不，應該稱你為『騎士』吧？我是不知道想要動章的人都在想些什麼，但一個人想要動章，總還有別的辦法吧。」

克雷格博士說完，便別過臉去，揮揮他毛絨絨的手，要求我離開。

「你走吧。夏目就麻煩你了。但是，我是不會和你握手的。」

我錯愕地離開了博士的住處。穿過一臉同情的女秘書無言為我開的門，下了狹窄的樓梯，來到大馬路上之後，我才總算發覺克雷格博士誤會了。

博士恐怕是聽說了那個傳聞吧。最近——說起來也是今年六月的事了——有人提起授勛夏洛克・福爾摩斯一事。至今，福爾摩斯獅子般迅猛的表現，一次又一次令大英帝國等各歐洲王室、國家防範危機於未然。我個人認為對於他的功績，這樣的結果不僅是理所當然，甚至該說是保守了。然而，福爾摩斯卻毫不惋惜地謝絕了難得的爵位封號。因為對他而言，破案是他的興趣，他對爵位一點興趣也沒有。……不，這一點都不重要。身為他的好友與助理，我認為無論什麼事，都應該盡力避免不當的言辭。

問題是傳聞。

所謂的傳聞，自古就是與事實相距十萬八千里，散播的是風馬牛不相及內容。特別是只要一扯到授勛這種榮耀之事，立刻就會因那隻「綠眼怪物」（作者注：指嫉妒。出自於《奧賽羅》），什麼話都傳得出來。我個人就聽說過「夏洛克・福爾摩斯於此次戰爭殺敵無數因而授勛」等傳聞，其中還有位列騎士的不是福爾摩斯而是我，離譜至極。克雷格博士大概也是在哪裡聽說了「福爾摩斯為授勛而樂不可支」這種可笑的無稽之談吧。

我想我該解開博士的誤會，在馬路上轉身回頭。然而，博士位於四樓閣樓的住所，從路上連窗戶都看不見。我莫名感到克雷格博士好像一隻在高處築巢、拚命保護雛鳥的燕子，便決定不再打擾博士做研究。

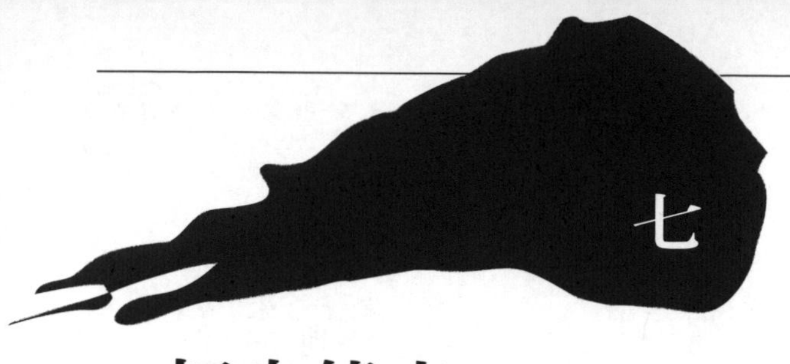

初步偵查

回來一開門，我還以為失火了。因為室內煙霧瀰漫，連餐桌上的檯燈都朦朧了；但我立刻就發現那是嗆人的廉價香菸產生的刺激性的煙。一定是夏目點起我要布萊德利的店送來的香菸，一個勁兒吸個不停的結果。果不其然，透過煙霧，可以看到捲過煙絲的紙散亂一地。然而，卻不見夏目本人的蹤影。我拿手帕蓋住口鼻，進了房間，打開窗戶，回過頭來，這才發現夏目倒在扶手椅旁。我連忙跑到夏目身邊，將他扶起來。

「喂，振作一點！喂！」

夏目唔地一聲呻吟，眼睛張開一道細縫。

「華生，我被暗算了。……有人攻擊我……一直有人跟蹤我。」

「攻擊？跟蹤！」

「一點也沒錯。我怕你擔心，所以一直沒說，但是我早就發現了。之前也發生過同樣的事。我走在大路上，給了可憐的乞丐一枚一便士的銅板。但一回到住處，同一枚銅板竟然就放在廁所的窗框上。這就是最確鑿的證據啊！我的一舉一動，都被監視了。你沒發現嗎？隨時都有一個男人從對面飯店的窗戶盯著我。那是偵探，是監視我的。他買通了圖書館員，叫圖書館員只要看到我一去，就大聲說話、開我玩笑。然後他趁我落單，終於展開攻擊……」夏目突然翻白眼，完全失去理智般，開始喃喃囈語，「為什麼後面中學的學生故意把球丟過來？在樹叢後面說我壞話的是誰？是誰把蚱蜢放進我被窩裡的？是誰盯上了我……？」

「喂，你振作一點。」我用力搖晃夏目的肩膀，「沒有人攻擊你。你只是不會抽菸又抽太多，昏過去而已。蚱蜢？你在說什麼？這後面根本沒有學校啊。」

夏目又意識模糊了一陣子，但過了一會兒，看得出他的眼神終於又恢復了理智。

「哦，華生，你剛回來？」夏目整個人又回過神來了，「我看，你去找過克雷格博士了吧？」

「咦，你怎麼知道的？」

「如何，我猜中了吧。」

「沒錯，猜得很準。不過，你究竟是怎麼……」

夏目笑著取下黏在我臀部的小紙條。

「倫敦雖大，但會寫這麼難看難認的字的，除了克雷格老師恐怕沒有第二個人。我看看，『老里爾的執迷不悟，是只應天上有的真實之路，亦或是』……再往下就看不懂了。多半是寫壞了的，不過你最好還是還給他。因為那位老師像夏洛（註）存零錢一樣，寫了這些小紙條，就塞進一個小箱子裡。」

「我會的。對了，你怎麼樣？在房裡待了一整天，有什麼收穫？」

「嗯，果然不出我所料。是布萊德利公司製造的印度菸絲。」

「那當然了，是我照你的要求請他們送來的。我問的是冒牌靈媒師命案。」

「哦，那個啊。那個案子一點也不複雜，不過是表面上有些意思罷了。」

註：Shylock，莎劇《威尼斯商人》中，唯利是圖的猶太商人。

「那麼你的意思是，你已經知道整件命案的真相了？」

「當然。」

「兇手是誰？」

「哎，華生，等我先弄清楚一些小地方，再告訴你吧。」

夏目這麼說，接下來無論我再怎麼問，他都只是裝模作樣地點頭而已。……總之，就是「什麼都不知道」的意思。大概是從我的臉色看出了我的想法，夏目慌張地補充：

「我有七種假設，每一種都和目前已知的事實吻合。再來只要收集足以證明假設的事實就行了。」

「那麼，你準備怎麼做？」

「這個……」夏目一時語塞，但好像馬上又想到了什麼，開口說道，「抱歉，可以麻煩你到圖庭的史黛拉路五號跑一趟嗎？你向那裡的布烈德先生說，叫卡羅和傑克來。」

「布烈德先生是誰？」

「是個房東。我之前……不，不對。反正我們認識。只要報出我的名字，他就知道了。」

「卡羅和傑克是他家孩子嗎？」

「你在說什麼啊？卡羅和傑克是狗。」

「狗！你要做什麼非借狗不可？」

「哎，華生。你眉毛以上的部分，總不會是為了戴帽子而存在的吧。稍稍運用一下裡面裝的東西如何？這次命案的線索顯然就在味道裡。既然如此，就須要嗅覺靈敏的優秀狗兒。在這方面，就算把倫敦所有的偵探都找來，也比不上卡羅和傑克這兩隻狗。」

見我張口結舌，夏目不耐煩地說：

「就是毒死靈媒師的毒藥啊！氰化鉀……我們要追查杏仁味。」

我在三層樓的連棟紅磚屋一角發現了我要找的房子。向房東布烈德先生說明了原委，他將那張消瘦、滿是皺紋的臉上的眼睛睜圓了，說道：

「哦，夏目先生要你來的啊。嗯，我當然記得他。他腦子出了毛病？也難怪。他住在我這裡的時候，就有點怪了。凡事纖細敏感，一點兒不正當的事都不能容忍，是個一板一眼、有潔癖的人。……不過，哦，沒想到那個夏目先生竟然還記得我家狗兒啊。」

布烈德先生逕自絮絮叨唸，搖著頭，牽出兩隻狗。這兩隻大概都是西班牙長毛獵犬和喜樂蒂牧羊犬的混種吧，是長毛垂耳的中型犬。兩隻的顏色都是褐色與白色相間，露出長長的舌頭，頻頻搖著牠們的長尾巴。

「這是哥哥卡羅，然後這是弟弟傑克。」

布烈德先生邊說邊輕拍兩隻狗的頭，但我實在無法區分。我遞出口袋裡事先準備好的方糖，牠們想了一會兒，同時伸長了脖子吃掉了方糖。於是我們便建立起友好的關係，乘馬車的回程途中，也非常乖巧聽話。

夏目已來到路上，等著我們回來。

「哦，辛苦了。」

夏目這麼說，但他的話顯然是只對那兩隻狗說的。兩隻狗兒似乎也記得他，以非常親暱的態度，舔著蹲在路旁的夏目的臉。

「華生，可以借用一下你的手帕嗎？嗯，謝謝。」

夏目拿我的手帕擦了臉，又直接還給我。我拎著被狗的口水沾濕的手帕問道：

「你自己的呢？」

「我的手帕已經用在別的地方了。喏，就是這個。喔，華生，小心點，這可是沾了杏仁味了呢。」

「杏仁味！」我嚇得猛往後退，「你是說氰化鉀？」

「我也想這麼做，但不巧手邊沒有。我用做甜點的香料代替了。好——卡羅，傑克，你們來得真好。來，聞聞這個，要好好地聞。」

夏目將沾有杏仁味的手帕拿到兩隻狗的面前。狗兒大大搖晃尾巴，不斷抽動鼻子。夏目將結實的繩子套在兩隻狗的項圈上，高聲宣布：

「好，出發去偵查！」

兩隻狗同時汪了一聲回應，尾巴翹得高高的，邊搖邊用力拖著夏目向前走。

卡羅、傑克兩兄弟果真是鼻子靈光的優秀狗兒。牠們每走到路邊的糕點鋪就停下來，回頭看夏目，逐一告訴他發出杏仁味的地點。每次夏目都會誇獎狗兒們，摸摸牠們的頭。……這根本不是偵查，我們只不過是牽著兩隻狗，在倫敦街頭從一家糕點鋪散步到另一家糕點鋪而已。

我們走遍了整個倫敦。從貝克街到海德公園，經過瑟本泰池畔，在白金漢宮前左轉到帕摩爾街，繞了特拉法加廣場一周，然後從攝政街北上到牛津街右轉，從圖騰漢廳路到查令十字路，經河岸街沿泰晤士河走向金融區，行程委實驚人。途中雖到了中餐時間，夏目卻沒有中斷偵查，結果人狗連水都沒喝，只有啃餅乾充饑。我終於投降，向夏目提議：

「今天就到此為止吧？」

「這是什麼話啊，華生。偵查才剛開始呢。」夏目沒事人般地說道，「再說，難得卡羅和傑克這麼幫忙。我們要再繼續找。」

狗兒們搖尾巴回應夏目。

「可是，再繼續下去，也只能畫出倫敦糕點鋪地圖而已啊。」

「乍看之下無謂之事，事後才是最有用的。來，再堅持一下。」

牽著兩隻狗的夏目領先而去。我只能嘆氣搖頭，拖著沉重的雙腿跟在後頭。

不久，附近開始飄起倫敦獨有的黃色大霧。這麼一來，我為了跟上走在前面的夏目，其他什麼都顧不了了。

「啊，華生，你看。」

夏目忽然停下腳步，以手杖指著前方。因為疲勞，一雙眼睛只看著雙腳的我，抬起頭來看夏目指的東西。茶褐色的天空中，暗紅如血般的太陽低垂。

「太陽——那顆象徵著生命與重生的星球，宛如垂死一般……明明還不到下午三點，就已是這副樣子。這種光景，無論到世界上哪個別的地方，恐怕都看不到吧。」夏目極度厭惡地說完，朝路邊用力吐了一口痰。

「這邊則是烏漆袜黑……」夏目皺著眉頭，揮動手杖邁步向前，「倫敦的霧不是一般的霧。哪個世界有這種茶褐色的霧？一半都是從煙囪裡冒出來的煤煙。霧裡混著白色的灰，看起來簡直像是火山灰。混濁的顏色也好，難以言喻的不快感也好，說是豆子湯（pea soup）真是太貼切了。」

夏目一面說，手不經意地碰了一下帽緣。停在路邊候客的出租馬車車夫眼尖看到這個動作，朝夏目豎起食指，看來是誤以為我們叫了馬車。夏目搖搖頭，表示不搭車，車夫便右手握拳用力捶胸。這是倫敦的車夫用來暖手的習慣，但夏目卻顯得很害怕。他沉默了一陣子，等出租馬車在背後霧裡看不見了，才又開口：

「華生，我常會想，倫敦市民其實是很討厭溫暖的日光吧？你看看這片天空。倫敦的天空不管走到哪裡，兩端都被建築物遮蔽，看起來像條細細的帶子。而且這條帶子早上是灰色的，起霧之後就變成茶褐色。建築物則是本來就是灰色。而且二樓之上有三樓，三樓之上還有四樓。我只能相信，倫敦人就愛造出冰冷的石谷，在那谷底生活，而且這樣還不夠，還要在天空撒滿煤煙。……你想想，這難道不是叫人很不舒服嗎？現在，就在這一瞬間，倫敦幾百萬個市民正呼吸著這塵埃與煤煙。我們每天就呼吸著這些霧氣，將自己的肺臟染成死亡的顏色。在倫敦生活，就是這麼一回事。」

「沒辦法啊。不喜歡的人可以搬到鄉下去。」

「住在這個國家的鄉下有意義嗎！至少對我而言是沒有的。」

「哈哈哈！你又要說，『犯罪是夏洛克．福爾摩斯的生存意義之所在，而世界最大的都市倫敦正是犯罪的溫床。』對吧？」

「這是原因之一。雖然是原因之一，可是……」夏目略加思索之後，壓低聲音說道，「你也知道，我現在正受託於某個不能公開名字的知名人物，著手偵查一件極其重大的案子。為此，我偽裝成來自日本的留學生。」

「這你說過。」

「喬裝這種事，假如不是完全化身為那個人物就失去意義了。為了學英語而來的日本人，會故意跑到鄉下去學方言嗎？太不自然了吧。日本人來到英國，學會滿口土腔回去也不是辦法。」

「這倒也是。」

「再說，倫敦有倫敦的好處。首先，舊書店很多。來自日本的留學生一定會善加利用。而且如果要看戲，就一定要到倫敦的西區去。看戲不是娛樂，是學習的一環。」

「看戲學的是什麼？」

「學什麼……當然是喬裝易容。」

「來自日本的留學生要學喬裝易容嗎？」

「啊，我說錯了。……不是那樣，是對學習活的英語很有幫助。」夏目以一副慌張的樣子繼續說，「不過，我覺得要偽裝成日本人並不怎麼難。因為他們的黃色真叫人吃驚。」

「有這麼黃嗎？」

「很黃，黃透了，幾乎令人不敢相信是人類的顏色。」夏目說得格外用力，「我也是因為這次喬裝才注意到的，和日本人相比，英國人，尤其是英國女子的臉色，真是白得不可思議。住在煤煙之中的人為何會那麼美，真令人百思不得其解，但我想多半是因為陽光稀薄的關係吧。還有……」

夏目說到一半，突然住嘴。前面正好有三位英國紳士從霧中出現。一看之下，最旁邊的一人比另兩人矮了一截。三位紳士一注意到我們，便微微點頭致意，從旁邊經過。夏目挺直背脊，有所期待般地不斷看著最旁邊的那一位，等他們錯身而過之後，悄悄問我：

「我和他誰比較高？」

「對方大概高個兩英吋吧。」我老實回答，夏目失望地說道：

「日本人個子矮，實在吃虧。」

「看樣子的確是。」

「不過呢，扮成日本人也是有好處的。」夏目又重新振作起來般說道，「西洋人一般看到日本人，都認為日本人可愛、總是笑臉迎人。這一點確實沒錯，而且就算日本人並沒有笑，但由於長相大多滑稽，換句話說，簡直是不戰而勝。除此之外……」

當我們這樣交談時，霧越來越濃。四周的天色已經暗下來，若沒有煤氣路燈的燈光，甚至可能會撞上迎面而來的人車。拉著出租馬車的馬頭忽然自霧中出現。這時，馬拉著的車箱卻還在霧裡。等看得見車箱了，馬頭卻又看不見了。可能因為這樣，夏目的腳步變得非常緩慢。後方走來的人們個個超過我們。男子當然超過我們，就連女子也在腰後輕輕將裙子拎起，高跟靴子在鋪石地上敲打般地超過我們而去。他們一發現在霧中悠閒散步我們，便一臉受不了地搖頭。夏目卻處之泰然。

「喔，華生，這次前面來了兩個奇特的人。」

夏目小聲說完，指指前方。果真，正面的霧中晃動著一大一小兩個黑影。其中一人手中掛著長長的繩索，好像拉著什麼。

「一定是沒進過城的鄉下人。」夏目悄聲在我耳邊說，「我們去看看，也許會遇到有趣的人物。哎，用不著擔心。手裡拿著東西的那個個子很矮，分明就是個矮冬瓜嘛。而且，好像還面帶土色。看起來似乎戴著禮帽，總不會是孩子……」

只見說完這些話便興沖沖地快步向前的夏目忽然站定。

「怎麼了？」

我趕上去從他身後問，他沒有回答。夏目的表情很怪。我隨著他的視線望過去，正面是鞋店大大的展示櫥窗，不禁笑了出來。夏目說的「沒進過城的鄉下人」、「矮冬瓜」又「面帶土色的怪人」，正是他自己映在玻璃上的身影。在他手上繩索的另一端，兩隻狗正吐出長長的舌頭，天真無邪地仰望著一臉尷尬苦相的夏目。

「咳咳、咳咳。」夏目很不自然地乾咳幾聲，接著像什麼事都沒發生過般地牽著狗開始走。

「對了，華生，趁現在我來把這次命案的主要事實說給你聽吧。把案件的來龍去脈說給別人聽，是整理自己思緒最好的辦法，而且要是不讓你了解整個案件，你也無從幫忙起。」

「這次的案件？你是指靈媒師命案嗎？」

「這還用說嗎，不然你以為我們是在偵查什麼？」

「可是，既然這樣，還有什麼來龍去脈好說？我打從一開始就在命案現場，對這次的命案至少了解得和你一樣多。用不著再聽一遍了。」

「是嗎？那麼我問你，你對塔了解多少？」

「塔？你是指倫敦塔嗎？」

「這次的命案還會和哪座塔有關？」

「我倒是不知道倫敦塔和這次的命案有關。」

「唉，華生，你為何總是這樣，只會看而不觀察？看和觀察可是完全不同的兩回事。只要加以觀察，你應該立刻就會明白，倫敦塔正是命案的中心。」夏目自信滿滿地說，「靈媒師在那個地點遇害，是有原因的，那正是所謂的『殺人動機』兇手一定是因為深怕秘密被其他人知道，才會行凶的。你回想一下，在降靈會開始之前，我們一直在談倫敦塔。而且還有那女巫出沒的騷動。這麼一想，一切的謎題不是都指向倫敦塔嗎？」

「在我聽起來，倒像是牽強附會。」

「那是因為你不觀察。命案的關鍵就是倫敦塔，以及女巫。」

「女巫！怎麼會連這個都和命案扯上關係？」

「當然大有關係。華生，你說說看，你對女巫有什麼了解？」

夏目一副認真的樣子，所以我聳聳肩，無奈地回答：

「我對女巫沒有什麼了解。騎掃把在天上飛，施行黑魔術，會變身為動物……再來就只會想到攪拌加了青蛙眼珠、烤焦的蝙蝠和老鼠屎的魔法湯的老太婆了。」

「關於女巫的一般知識大抵就是這樣吧。」夏目點頭說道，「問題是，這些都是瞎掰的。不能小看每個人都知道的謊言啊。」

「怎麼說？」

「關於這一點，我們稍後再討論。」夏目空著的那隻手在臉旁搧了搧繼續說道，「接著是倫敦塔，華生，你聽到倫敦塔，頭一個會想到什麼？」

「這就反而是多到難說了。因為光是塔的起源，就可以追溯到羅馬時代的碉堡。甚至可以說，塔的歷史就是倫敦的歷史。」我思忖了一下，「對，例如兩個王子的悲劇如何？莎士比亞寫在《理查三世》的那件事。被關在塔裡的兩個年幼的兄弟——愛德華五世和約克公爵遭到叔叔理查所派的刺客殺害，看到那一幕，沒有觀眾不為之落淚的。我記得，塔裡也有描繪被幽禁的兩位王子的畫。」

「你是說德拉羅什（註）的畫吧。嗯，那個我也看過了。是幅傑作。其他呢？」

註：德拉羅什（Hippolyte-Paul Delaroche，1797-1859年）法國學院派畫家。他創作了大量以歷史為題材的作品，擅長以寫實的風格細膩描繪歷史上的關鍵時刻。

「最近的是一八四一年發生的火災，還有十七世紀蓋伊・福克斯（註1）謀殺詹姆士一世未遂案。這都和倫敦塔有關……等等，對了，珍・葛雷的悲劇。嗯，那應該是最出名的吧。當時英國首屈一指的才女珍・葛雷（註2），因公公和丈夫的野心而被拱上王位，結果年僅十八歲就在這座塔被處死。她這場以倫敦塔為背景而展開的悲劇，引發了英國天主教與新教之爭，不僅如此，也是令人思索出世與入世、野心與尊嚴的絕佳題材。我雖然沒看過，不過我聽安斯沃思（註3）著名的小說《倫敦塔》，也是以這個場景為主所創作的……」

我接下來也把所想到的關於倫敦塔的逸事都說出來，但夏目似乎沒有什麼感動的樣子。

這段期間，霧也越來越濃，我們除了彼此的臉，幾乎什麼也看不見。隔著黃色的霧，不時有拉著馬車的馬蹄聲，以及鈴聲經過。也為了才聽腳步聲響起，便隨即有人從身旁越過而吃驚。一切都失去了輪廓，唯有模糊的影子在霧中移動。我產生了一種不可思議的感覺，好像自己在不知不覺中闖進了夢的世界。

我們在倫敦橋右轉，正要從麥爾斯街轉向騎士廣場的時候，兩隻狗兒突然站定。狗兒們朝上抽動鼻子，頻頻嗅聞。

「華生！」夏目回頭大叫，「卡羅和傑克終於聞到了！」

兩隻狗兒一隻耳朵豎起，另一隻耳朵垂下，抬頭看夏目，然後開始低吼。

「怎麼啦，卡羅、傑克，你們究竟聞到什麼？」

夏目將臉湊在兩隻狗兒濕潤的鼻頭前問。

我看到前方的霧忽然搖晃。緊接著，霧裡跳出了幾個黑影。

說時遲那時快，影子們一逕朝夏目展開攻擊。

註1：蓋伊．福克斯（Guy Fawkes，1570-1606年），生於英格蘭的天主教徒。1605年預謀炸毀上議院以謀殺英王詹姆士一世未果被捕，於次年被處死。

註2：珍．葛雷（Lady Jane Grey，1537-1554年），曾於1553年登基為英格蘭女王，但僅在位九天，王位並未獲得承認。翌年被繼任的瑪麗女王處死於倫敦塔。

註3：威廉．安斯沃思（William Harrison Ainsworth，1805-1882），英國歷史小說家。

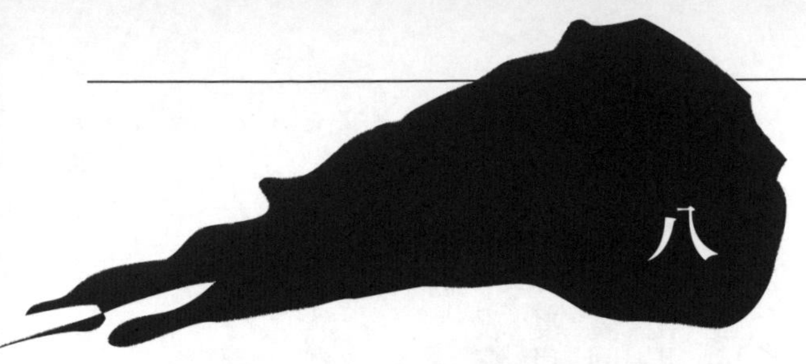

給福爾摩斯的信

九月二十三日　倫敦，貝克街二二一號B座

親愛的福爾摩斯：

昨天我發的電報，想必令你十分吃驚。因為我自己就驚慌失措了。我萬萬沒想到，竟然真的有人盯上了夏目。而且——

不，這個稍後再說，我還是先詳細報告事情的經過吧。

我們散步途中，遭到突然從霧中出現的可疑人士攻襲，這我已經在電報裡通知你了。攻擊夏目的，是三個面目不善、貌似工人的男人。他們看也不看與夏目同行的我，圍住夏目一人，便紛紛以凶狠的語氣要求他「退出這個案子」、「別再多管閒事」。……話說回來，這幾年，我沒遇過比這還出乎我意料的事了。首先沒料到的，當然是忽然從霧中出現的可疑人士。其次，他牽在手上的那兩條狗完全派不上用場，狗兒立刻丟下夏目拔腿就跑。第三，我堅信「只要夏目願意，隨時都會將這些歹徒摔飛。」，因此便泰然袖手旁觀。至於我為什麼會這麼想，是因為福爾摩斯，我曾聽你說「日本有巴立茲這種武術」，而且「幾乎所有的日本男性從小就學習，精通護身術」（作者注：請參照《空屋探案》）。所以我以為「夏目是為了看出對方的身分，才沒有出手的。」

然而，過了很久，夏目還是沒有把歹徒摔倒在地。不僅沒有，他那張黃色的臉還變得像紙一樣白，甚至無法好好回答那些人的質問。我看到那些人因為得不到回答而發怒，終於開始推夏目，於是連忙介入。一看到我揮著手杖靠近，他們便鳥獸散般逃走了。我本來還以為多少會遇到一些抵抗，所以還為此吃驚。

歹徒逃走之後，我回頭一看，只見夏目倒在石板地上。我抱起他猛搖，他也沒睜眼。我心想糟了，一定是歹徒趁我不注意時傷害了夏目。我連忙叫了馬車，將夏目帶回住處。然後請哈德森太太發電報給你：

——夏目遇襲。犯人不明。詳情事後通知。

為了怕你擔心，我要先告訴你，你大可放心。夏目非常好，好像什麼事都沒發生過一樣。他只是怕得昏過去了而已。倒地的時候膝蓋稍微有些擦傷，但說到傷，也就只有如此而已。我為他膝頭的擦傷消毒時，夏目還誇張地皺著眉頭這麼說：

「真是失策啊，華生。就算我再厲害，幾十個大漢像雲一樣一起圍過來，從四面八方攻擊我，我也只能認栽了。」

我要先聲明，圍住他的是一般體格的男子三人，他們先開口向夏目提出要求，但夏目卻連話都說不出來，他們為了要一個答案，才稍微推了他幾把而已。

「看樣子，我是走在通往真相的正確道路上。」

治療一結束，夏目便放下長褲，高興地說道（以下是當時我和夏目的交談。因為很有意思，我就直接將對話寫下來寄給你）：

「對了，華生，你知道『葫蘆裡跑出馬來（註）』這句話嗎？」

「不知道。不過，葫蘆這個詞聽起來很有趣。」

註：日本諺語，意指「戲言成真」。

「葫蘆本身並沒有什麼意思。是一種瓜類，形狀像這樣。」他說完，在紙上畫給我看。

「形狀真特別。做什麼用的？」

「做什麼用？」夏目似乎有些愣住，「這裡面是中空的，所以可以用來裝水或酒。這不重要。嘖，跟你說話，一點進度都沒有。真是拿葫蘆抓鯰魚（註）。」

「拿葫蘆抓鯰魚？那是什麼？」

「這不重要。」夏目不耐煩地揮揮手，「那，『打草驚蛇』這句話呢？意思是『拍打草叢把蛇趕出來』。在倫敦應該是『打霧驚蛇』吧。」

「從霧裡會趕出蛇來嗎？」

「會啊。不光是蛇，還會有棒子。」

「哦，其他還會有什麼？」

「這個嘛，有妖怪也不奇怪。」

「妖怪我聽說過，就是日本的惡魔吧。聽說頭上有角。」

「牛、羊頭上也有角啊。那和惡魔不太一樣。算是天狗的親戚。」

「天狗和妖怪不一樣嗎？」

「不一樣吧。至於河童、座敷童子、狐狸、**無臉怪**這些，根本就是不一樣的東西。」

「竟然有這麼多妖魔鬼怪，日本真是個可怕的國家。」

「這哪有什麼好可怕的。他們雖然嚇人，但同時也是很可愛的。」

「我不知道原來日本人是喜歡惡魔的民族。」

「都跟你說那不是惡魔了。你真是說不聽啊。日本的妖怪不像英國的明顯有善惡之分。就連魑魅魍魎，也不是時時都為非作歹。」

「魑魅魍魎是什麼？」

「就是妖怪、天狗、**無臉怪**這些的總稱。」

「那不就是惡魔嗎？」

「就跟你說了……」

我們就這樣扯個沒完，我可以想見你皺著眉頭發牢騷的樣子。

「華生，推理必須根據事實。發生了什麼事？把事實告訴我。」

然而，難就難在，我完全不明白眼前發生了什麼事。是誰攻擊了夏目？再說，為什麼非攻擊他不可？那些人確實說了「退出這個案子」、「別再多管閒事」，但是他們指的是哪個案子？夏目只是尋找根本不存在的杏仁味在倫敦到處亂走而已。或者，難道我們在不知不覺中，介入了**真正的**案件……？

真正的案件？我說的，當然是那椿「冒牌靈媒師毒殺案」。若真是如此，那麼為了查出是誰攻擊夏目，我們也必須解開那椿案件的謎（否則，不知道什麼時候又會遭到攻擊）。但是，身陷妄想的夏目究竟知道些什麼？究竟是他哪一部分的行動，刺激了兇手？

註：日本諺語，意指「不得要領」。

不管我怎麼問夏目，都會變成前述那樣的「葫蘆問答」，完全問不出個所以然來；而且夏目本身什麼都不知道。

於是，我決定倣效你的做法，重新把案件的疑點一個個找出來。

例如——這一點是夏目指出來的——如果是死去的靈媒師握有羅伯特勳爵的秘密，想藉由安排巧妙的降靈會來勒索勳爵呢？羅伯特勳爵在降靈會中的行動確實是有可疑之處。靈媒師遇害時，他正大聲要求中止降靈會。不僅如此，他還爬上桌，想去抓住靈媒師。說起來，他為什麼會參加那場降靈會？這些疑問，似乎可視為「羅伯特勳爵殺害靈媒師」的可能性。

此外，靈媒師臨死之際所說的話，的確是「夫人……」羅伯特勳爵作證表示「靈媒師說出馬克白夫人後死去」，但雷斯垂德斷定勳爵說謊。那麼，勳爵為何要說這種謊？若勳爵的話不實，那麼降靈會的與會者中，有「夫人」稱號的，便只有莉莉・奧斯朋夫人一人。靈媒師是想說出她的名字，指出兇手嗎？假如莉莉・奧斯朋夫人殺害了靈媒師，動機是什麼？她看起來是個高傲的人。莫非她是受夠了中了社會主義之毒又熱愛戲劇的丈夫羅伯特勳爵，和別人紅杏出牆？

哦，福爾摩斯，這想像真是太膚淺了。然而，我會這麼想是有原因的。就是羅伯特勳爵謊稱「牙醫的來信」的那封信。那個名為「翟爾斯」的寄信人，會不會就是夫人外遇的對象？可是，這樣的話，就不能解釋為何那封信會在羅伯特勳爵手中了。

警方看來則是懷疑自現場消失的愛爾蘭人艾蜜莉・懷特小姐。然而，她為何非要不惜喬裝改扮也要立刻逃離命案現場？她在命案裡扮演了什麼角色？還是真的是她殺害了靈媒師……？

這些事情，對我而言畢竟脫離不了思考訓練的範圍。包括失蹤的艾蜜莉小姐在內，我實在無論如何都無法相信是在場的其中一人毒死了靈媒師。

明天我將應邀前往夏目位於克萊芬公園的住處。據說他要在那裡召開在倫敦的日本人聚會。既然受邀，我打算參加。詳情我會在下一封信中報告。我想，那將會是一篇很有意思的報告。

九月二十四日　倫敦　貝克街二二一號B座

親愛的福爾摩斯：

當你正在遙遠的蘇格蘭設法破解懸案時，我代替你照顧腦筋不正常的東洋留學生夏目。老實說，一開始我非常不情願，「又有麻煩事找上門來了」。我甚至恨恨地想，「為什麼我得照顧一個偏偏自以為是夏洛克．福爾摩斯的日本人？」

但是現在，我開始覺得和夏目來往很有趣。透過他，可以窺見日本這個未知的國度，這是一種非常有意思的經驗。再加上和夏目一起針對這次難以捉摸的奇案展開偵查（？）使得我自以為熟悉的倫敦看起來宛如一座全新的、陌生的城市。

這些就不提了，重要的是報告事實，對吧。上一封信末了，我曾告訴你我受邀到夏目的住處，我就先針對在那裡的所見所聞做個報告。

夏目的住處，是在克萊芬公園車站附近切斯路八十一號，也就是那對里爾姊妹所經營的出租公寓。

夏目租的是三樓面北的一間套房。一開門，首先映入我眼簾的，是滿屋子堆積如山的書籍。我大致看了一下，這些書是以小說、戲劇、評論等文學書籍為主，但其中也夾雜了科學雜誌和畫冊等全然無關的書。這些書籍的數量都非常龐大，而且全都是舊書。我想起夏目是在短短兩年前才來到倫敦，不禁佩服他竟能收集這麼多的書。然而，令我驚訝的不僅是這些。因為……

福爾摩斯，我在那個房間裡看到了什麼，恐怕連你也猜不到。

我以前在向世界介紹你無與倫比的事蹟之際，曾順便對我們的房間稍作描述。也就是你經常指責我「與案件一點關係也沒有」、「多餘的文學裝飾」之處，我在文中形容身為「歐洲最精明的推理家，也是精力充沛的私家偵探」夏洛克・福爾摩斯，但「身為同居人，卻邋遢得令人難以忍受」，我還舉了例子，如「把雪茄放在煤箱裡……菸絲放在波斯拖鞋上」，以及「待回的信件以海軍刀插在木製壁爐架上」（我眼前又出現你皺眉的樣子，但這些都是事實，我也只能實話實說）。

然而，夏目竟然一板一眼地連這些也一併模仿了！我到了他的住處，他指指煤箱要我拿雪茄，用海軍刀把信插在壁爐架上。我試著要菸絲，果不其然，夏目把波斯拖鞋遞給我。我拚命忍住笑，但一抬起頭來，看到牆上以看似彈痕拼成的「E.R（作者注：指愛德華國王。在《墨氏家族的成人禮》中，有福爾摩斯以手槍在牆上留下「V.R（維多利亞女王）」的描述）時，我真是驚訝得說不出話來。

不久，當天的與會者紛紛來了。他們全都是日本人，平板的黃色面孔上有一雙細細的眼睛，個子都很矮小。我照夏目教我的，以日式鞠躬的方式打了招呼。你可能不知道，這種行禮的方式很難掌握抬頭的時機。據說太早抬頭對對方失禮，相反地，太晚也不行。

折騰了半天，總算打完招呼，他們每個人竟突然開始脫鞋，打起赤腳來。所有人就像東洋的佛像似地屁股著地坐下，盤著腳。然後，每個人吟完奇妙的禱告之後，就當著我的面，展開了不可思議的談話。

真的，無論和我過去所經歷過的哪一場派對相比，這都只能以奇妙來形容。當然原因之一是他們說的是我無法理解的日語。但是，這不是唯一的原因，證據是，夏目為我翻譯了每一句話，但即使如此，我還是完全聽不懂他們在那裡說的究竟是什麼。例如，他們其中一人首先說道：

「住在天空狹小的都市，十個月。」

於是其他與會者便唔——地低吟一陣，然後又有另一個人開口：

「三樓房間獨自就寢，好冷。」

眾人發出喔喔之聲，過了一會兒，又有另一個人說道：

「義大利人在路旁烤栗子。」

大致就是這樣。

當每個人各自說完一句後，負責記錄的人便以竹子和毛做成的筆沾墨（煤塊，溶於水後使用），恭恭敬敬地在一卷紙上抄下這些話，互相鞠躬，聚會就結束了。與會者一個個又以那種日式的行禮方式向我行禮，離開了房間。之後，夏目邀我去散步。

聚會當中，夏目看起來神智正常。我心想他該不會痊癒了吧，便若無其事地這樣叫他：

「對了，夏目……」

「哈哈哈，華生，不必裝了，戲已經演完了。」

於是我知道他還沒有完全恢復正常。

夏目心情似乎非常愉快，用力甩著手杖問我：

「對了，華生，今天的聚會你覺得如何？能不能在我的傳記添上一筆？」

「實在談不上什麼感覺，因為我根本不知道你們在做些什麼。」

「哦？哪一部分不懂？」

「哪一部分？全部啊。在我看來，你們簡直就是在互打暗號。」

「唉，你竟然把俳句說成暗號，那是日本的詩啊。你還是老樣子，一點詩意都沒有。」

「原來是詩的聚會啊。我還以為……」

「以為什麼？」

「我還以為是企圖顛覆政府的秘密結社的聚會。」

「哈哈哈哈！也難怪，因為對政府而言，沒有比詩更危險的東西了。下次請雷斯垂德來參加好了。」

「這可不是鬧著玩的。光是看到你們用假名，雷斯垂德八成就會把你們請到警局去了。」

「假名？你在說什麼？」

「在聚會裡，你們都用奇怪的名字不是嗎。什麼日罪、飄勉的。一開始介紹的時候，他們都不叫這種名字的啊，你自己也用了漱石這個奇怪的名字。漱石是什麼？」

「哦，你是說雅號啊。」夏目點頭後，接著告訴我一個故事，一個男人一時口誤卻不想承認，硬說要拿石頭漱口、拿水流當枕頭。

「也就是說，這個死鴨子嘴硬的人就是你那個什麼雅號的由來。」

「嗯，是啊。」夏目笑著說，「其他你還注意到什麼？」

「為什麼要打赤腳？」

「那個啊，是日本的習慣。」

「日本人的腳趾很發達呢。看那個樣子，他們的腳趾頭似乎什麼都夾得起來。」

「你怎麼淨是注意到一些奇怪的地方。日本人都穿木屐或草鞋，所以才會那樣。」

「那，聚會開始之前唸的那段奇妙的禱告是什麼意思？」

「那個……」說到一半，夏目忽然閉上嘴，停下腳步，望著遠方般地說，「那是我一個老朋友的口頭禪。De te fabula。這是拉丁文。是賀拉斯在諷刺詩裡說的話，意思是『笑什麼？換個名字，說的就是你』。俳句就是我這個朋友，子規，他教我的。」

「子規？」

「嗯，是個怪得驚人的怪人。」

「比你還怪？」

「我哪能跟他比。」夏目搖搖手說道，「他是個非常喜歡水果的人，而且食量其大無比。有一次，他當著我的面一下子解決了十六個大酒桶柿，而且後來什麼事都沒有，實在了不起。還有，天氣一變冷，他就一定會抱著火盆如廁。臭是一定會臭的，但他本人絲毫不以為意。這樣就算了，他還用同一個火盆烤肉來吃，所以我完全不能跟他比。在廁所裡，他會以有從澡盆熱水裡冒出來的屁聲般虛弱的聲音唱歌。一聽到歌聲，就知道：啊啊，子規又抱著火盆進廁所了。實在很煩。不過，他是個奇男子。受到子規的影響，俳句在日本非常盛行。我會作俳句，也是因為子規的建議。……對了，華生，你也要不也試著做一首俳句？」

「好啊，但我不知道怎麼做。」

「英國人對詩的理解的確是少得驚人。說到這個，以前——這是子規還在大學裡的事了——他把日本最有名的古池一句譯成英語，把英國老師嚇壞了。不過，他當時譯的是：Old pond! The noise of jumping frog.（作者注：松尾芭蕉的名句，古池や蛙飛びこむ水の音）

這句詩本來就怪得可以，也難怪老師會大吃一驚。」

夏目說完，逕自呵呵笑。我正擔心他是不是真的瘋了，只見他忽然又恢復正常的樣子，說道：

「我告訴你幾首我在倫敦做的俳句，你先模仿著做做看如何？亞里斯多得也說過，『藝術始於模仿』（作者注：正確的說法是『藝術是模仿自然』）。」

夏目於是告訴我幾首俳句，說是他在倫敦做的。例如，有「向烤栗子的人詢問美術館的所在」、「冷天，賣花女戴著珍珠耳環」等吟出日常小事，也有看到維多莉亞女王的葬禮而吟的「葬儀車經過。寒風止」或「警衛戴著威嚴的熊皮帽」、「雕金刻銀的靈柩。長眠其中想必不知寒」等等（其他也有吟誦紫蘿蘭的詩。夏目故作不知，但我猜是歌頌凱薩琳小姐的）。

福爾摩斯，你也知道我是個多麼沒有詩意的人，但聽了他做的幾首俳句之後，我也開始覺得自己可以謅上一句。這時候，夏目又口口聲聲「試試看」地逼我。

我苦思一陣，最後做出了這首：

花落掩蟲是山茶

夏目誇獎我做得很好。被他這麼一誇，感覺挺不錯的。正當我感到有些得意時，他雙眼發光地開始這麼說：

「你真是幫了我大忙，華生。其實，你能不能做出俳句，對我而言，問題就像莎士比亞那句台詞『是生，還是死』那麼重大。東洋蕞爾島國日本的俳句，這種詩的形式，在西洋的大都會倫敦行不行得通？我曾經為此感到非常不安。但是，你竟然能做出這麼好的俳句，簡直是證明了日本的詩的形式、證明了日本文學的普遍性。當然，西洋文學和日本文學背後的精神存在著很大的隔閡。兩者之間的鴻溝，也許比太平洋和印度洋加起來還要大。舉例來說，西洋文學將重點放在語言文字所能傳遞的東西上，相對的，日本文學則重視文字裡沒有寫出來的東西，也就是拈花微笑的精神。結果……」

「拈花微笑是什麼？」

「嗯？拈花微笑就是以心傳心的意思。」

「以心傳心？」

「這不重要，你先別說話，聽我說。還是你覺得文學一點都不重要？」

「我沒這麼說。」我聳聳肩，「不過，**福爾摩斯**，你怎麼突然談起文學來了？」

「這當然是……」夏目停下腳步，不知所措，但不久便好像想到什麼，得意地笑了，說道，「其實，華生，在偵探業之外，我還有一個小小的野心。」

「養蜂業，是吧？」

「養蜂業？我幹嘛要去照料蜜蜂？」夏目一副莫名其妙的樣子眨著眼說道，「我所說的野心，是寫東西。就像你現在寫我一樣，我也希望自己寫的東西能夠揚名於世。」

「原來是這樣。那你儘管發展你的野心吧！到時候我也會支持你的。」

「可是這麼一來，立刻就會發生令人厭煩的狀況。」

「什麼狀況？」

「假設，我寫了什麼有意思的東西。有了一點名氣之後，世人就不再看我寫的東西，只想知道我是個什麼樣的人。」

「不會吧？」

「哼！」夏目哼了一聲，「要是距今百年之後有人寫我們，我倒真想看看他寫的東西。……反正一定是些亂七八糟、不盡不實的東西。」

夏目這麼說，然後又揮起手杖開始走。

我們接下來也繞著這一帶四處散步了好一陣子。夏目說的話，一樣是些芝麻蒜皮的閒聊，但卻有種奇妙的趣味，我一點都不覺得不愉快（據說東洋重視諧謔，視為俳味甚至禪味。這一點與英國人有相似之處）。

散步途中，夏目告訴我這句話。「otanchin no pareorogasu」。好像是「你這個迷糊蟲」的意思，而且是不想惹對方生氣時說的。好方便的一句話啊。

我現在滿喜歡夏目的。我現在就很期待等你回來的時候，把夏目介紹給你。

又及：

我正想寄出這封信的時候，收到了你發來的電報。抱歉，我不太懂你的意思。「夏目在地上找到山茶花的時候，你的臉是朝左右哪一邊」？

就像我之前在信上寫的，我當時正和雷斯垂德探長說話。探長坐在房內最裡面的死去靈媒師的位子，所以我的臉當然應該是朝著他，也就是右手邊。……這和這次的命案有什麼關係？還是我把你的問題看錯了？假如我看錯了，請你再發一次電報來。到時候，希望你把問題解釋得更簡單明瞭一點。

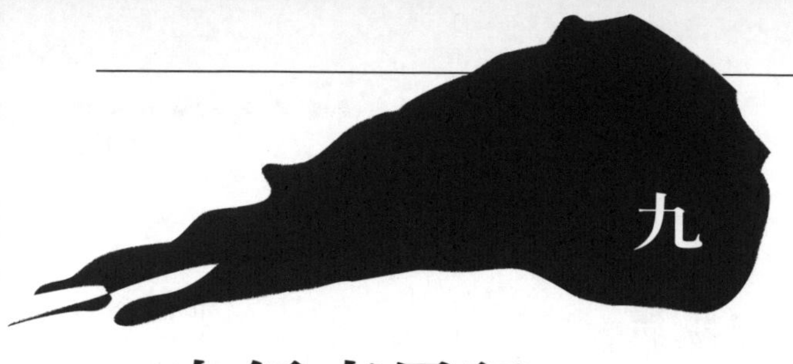

自行車日記

我寄出上述給福爾摩斯的報告翌日，里爾姊妹便再次造訪貝克街。兩位老太太依然以那奇特的說話方式表達來意：

「夏目先生的」

「日記翻譯」

「已經完成了。」

「克雷格博士交代，」

「要我們送過來，」

「請你過目。」

每次她們輪流開口，我的臉就必須轉向說話的人，弄得我暈頭轉向。再加上她們兩人體格雖然形成對比，五官卻極其神似，最後我甚至產生錯覺，好像一名老太太在我眼前忽胖忽瘦。

「同時還有」

「日語的」

「謄本。」

「日語的？」我總算插進一句話，「可是，為什麼要日語的？我一點日語都不懂啊。」

「這當然是」

「為了」

「保險起見呀。」

「就是嘛。」

里爾姊妹說完，互望一眼，露出和善的笑容。

「我明白了。」我舉起雙手說，「總之，全部都寄放在我這裡，我會看的。」

我禮數周到地將兩位委託人送出房門，確定雙重腳步聲下了樓梯走出大門，才無奈地嘆了一口氣。

桌上留下了夏目日記的英譯本，以及日語的謄本。我先拿起英譯的日記，稍微翻了一下，思忖起來。里爾姊妹說是「日記」，上面卻不見重要的日期。是翻譯時疏漏了嗎？這麼一來，日語的謄本就是為了對照日期用的了，但我連哪個日文字是日期都看不出來。

我先點著了菸斗，在窗畔的椅子坐下，再開始看夏目的「日記」。以下是其中一部分：

＊

某月某日——倫敦市民會讓座，不像日本人那麼自私。

倫敦市民會主張自己的權利，不像日本人那麼怕麻煩。

倫敦市民以英國為傲，和日本人一樣。

某月某日——路上的行人口稱天氣好。這種鬼天氣叫天氣好那還得了。真想讓他們見識見識什麼叫作「日本晴天」。

某月某日——無知的英國女子令人頭痛。有個老婆婆問我知不知道迷信。細問下去，才知道原來她不是在問意思，而是問superstition的拼法。另一個女子問我隧道（tunnel）。真令人無言。

某月某日——租屋處的大伙兒一起去看了犬隻評鑑會。外面天氣糟透了，還在下雪。本地人不在乎天氣，近乎禽獸。

某月某日——這裡的女子走在路上時臉上掛著網子，殊不知在日本會掛著網子的，只有柿餅。男子頭上頂著鍋子。

某月某日——路上行人面目可憎。看不到一張可愛的臉，但倒是沒看到半個掛著鼻涕的孩子。

某月某日——最近極不愉快。淨掛慮一些微不足道的小事，卻又有非常大而化之的地方。真奇怪。

某月某日——兩個女人看到我，說least poor chinese。

某月某日——一上公車，上面坐著三個有麻子的人。

某月某日——美是事實。美獨自屹立於世界。

某月某日——與理想的終生伴侶I美女聊了一整晚。大聊特聊之後，才發覺兩人都脫離現實，雙雙捧腹大笑。

某月某日——連日裡走到雙腿麻木。回到住處仍因過度疲憊而無法成眠。

某月某日——我們日本人是鄉下來的黃色土包子傻蛋矮山猴般不可思議的人種，所以難怪西洋人會瞧不起我們。再加上西洋人不了解日本，根本就對日本不感興趣。所以即使我們有讓西洋人認識、尊敬的資格，若他們不願意理解，雙方之間的尊敬、戀愛勢必也無法立。

某月某日——得知也有想了解日本的女子。真的嗎？

某月某日——問妳：妳過這樣的生活愉快嗎？妳回答我真的很幸福。問妳為什麼，妳回答因為我有信仰。難能可貴一女子也。

某月某日——玫瑰兩朵六便士，百合三朵九便士，貴得好。

某月某日——己與己之爭，己與彼之爭，己與自然之爭。

結婚法之可否（西洋與日本）

某月某日——微服出巡雖瀟灑，尾隨而行卻出師不利。只有偵探才會尾隨別人而行。就連狗有時也會先行告退，在轉角出恭，不是嗎？

某月某日——從背後傳來「收拾他」的聲音，暴徒便出手了。竟然把別人的頭當成太鼓。

某月某日——出神時，背後刷地一刀，然後腦袋碰地一聲落地，是頗為特別，卻是不討喜的特別，所以這種山茶花式的處置恕我敬謝不敏。

大致就是這個樣子。我不太懂最後幾則的意思，但總之，依照日記上所記載的內容，夏目的生活每天都花相當多的時間在市內散步。沒有抱怨一般外國人大為不滿的英國飲食。換了幾次住處（里爾姊妹的地方是第四家）。勤快地來往於查令十字的舊書店與克雷格博士處，經常寫信給友人子規……這些，表面上看來並沒有什麼特別怪異的地方。**表面**？那麼，內在又如何？

我把翻譯的日記放回桌上，望著菸斗升起的紫色的煙，試著想像夏目沒有直接寫在日記裡的倫敦生活的內在。

夏目是否一到倫敦，就先拿祖國日本的人民與倫敦人民比較，對於他我的相異之大感到驚愕？再加上他被不了解日本的英國人當作愚昧無知之民，大傷他的自尊。於是，他費盡心思想出日本的優點。然而，他在祖國找到的，全都是大自然的產物，或是在日本才會備受尊崇的特殊事物，所以他才會在降靈會之前，對誇獎富士山的人這麼說，「富士山是自然生成、自古就有的東西，並不是日本人創造出來的。換句話說，日本人根本沒有什麼值得驕傲的地方。」

夏目鬱鬱寡歡，最後出現神經衰弱的徵兆。路走得越多，公車搭得越多，便越在意別人。同時，又覺得總是有人在監視自己。他終於開始在倫敦到處走。

這時候，造訪倫敦塔的夏目偶然遇見了凱薩琳·艾德勒小姐。夏目被凱薩琳小姐稀世絕倫的美貌所吸引，為求「第二次偶遇」而走遍整個倫敦，終於在自行車行找到她的身影時，鼓起勇氣和她搭話。凱薩琳小姐透過自行車顯示出對日本的興趣，使夏目懷抱起一絲希望。

夏目之所以買「貴得好」的花，恐怕也是為了送給她吧。但是，夏目是日本政府派遣的留學生，背負著國家的責任。他的自我在理性與熱情之間被扯裂了。他從這陣子開始，總覺得有人跟蹤他，陷入了有人會趁機偷襲的強迫觀念中，但這會不會是他對自己的行動有罪惡感的表徵？夏目的思考在身後追趕著自己，使他在同一個地方打轉，最後的結果便是產生自以為是夏洛克．福爾摩斯的妄想……

思索到這裡，我覺得奇怪。總覺得好像漏了一個很重要的地方。我注意到自己伸長了手從桌上拿起的東西，不禁苦笑。我拿起的是日語的謄本。我就這樣隨手翻著看不懂的日記，忽然間，有個地方吸引了我的注意。在日語書寫的日記空白處，同一句話以小字寫了很多遍。

「stray sheep」

迷途羔羊。看起來是這樣。翻譯的人多半是看不出來，以為是無意義的塗鴉吧。這莫名勾起了我的興趣，我在椅子上坐好，再次翻閱日語謄本。我想看看還有沒有哪裡有漏譯的地方。

然而，日本的文字對我來說，簡直就和幾年前福爾摩斯精彩解讀的奇妙人形暗號（作者注：請參照《跳舞人》）一樣。當然，我完全看不懂。即使如此，我仍盯著文字直看，想解開暗號，最後當紙上的文字開始揮起旗子、跳起舞來時，忽然有人拍了我的肩。「你在幹什麼？」

回頭一看，穿著長大衣的夏目不知何時進屋的，就站在我身後。我連忙收拾桌上的文件。

「沒什麼，在查點東西。」

夏目狐疑地瞇起眼睛，但我一站起來，他似乎便將這些拋在腦後，問道：

「華生，你現在很閒吧？」

「不閒，但也不怎麼忙。」

「那麼，一起出門吧。」

「又要散步？」

「你不願意就算了。」

「不會不願意，而且我正好也想去散散步。」

我推著夏目的背，離開了房間。

夏目照樣是甩著手杖輕快地走著，而且話很多。

「後來你做了俳句嗎？什麼，沒做？華生，我當然也知道你是沒有詩意的人，但是，凡事都要靠努力，才會熟能生巧啊。其實，你上次做的那一句不壞。下次的俳句會，我可以當作自己做的發表嗎？不行？哼，真可笑。我當然是在跟你開玩笑啊。我怎麼可能那麼做呢。」

夏目這麼說，「哈哈哈」大聲笑了，忽然間停下腳步，一副順便想起般問道：

「對了，華生，你知道pity's akin to love這句話嗎？」

「『同情近乎愛情』？這句話怎麼了嗎？」

「這句話是真的嗎？」

我心頭一凜。夏目的聲音認真得出奇。他一臉極其認真、苦思不解的樣子。我正愁不知怎麼回答，只見夏目仰頭看天，喃喃說道：

「stray sheep……迷途羔羊啊……」

我抬起頭，隨著夏目的視線看。天上的雲形成了羊的形狀。

前方教會的門正好打開，吐出了許多人。看來我們不巧遇上了禮拜結束的時間。我和夏目佇立在離開教會的人群中，就好像豎立在河裡的中流砥柱。

一個臉罩黑紗、穿著喪服般黑衣、高人一等的女子，從人群中朝我們走來。

「你好，夏目先生。……還是應該叫你福爾摩斯先生？」這位掀起面紗、盈盈一笑的女子，不是別人，正是凱薩琳・艾德勒小姐。

「正在散步嗎？」

夏目滿臉通紅，囁嚅著說不出話來。

「天氣很好呢。」凱薩琳小姐望著天空說道。

「天氣很好。天氣真是好極了！」

這回夏目又大聲猛然附和。實在令人難以想像他就是那個以諷刺的語調在日記寫下「真想讓他們見識見識什麼叫日本晴天」的人。

「對了，夏目先生，」凱薩琳小姐說，「下次要不要一起騎自行車遠遊？」

「騎自行車，遠遊，嗎……」

「或者夏目先生忙著用功？」

「哪裡，用功這種事一點也不重要……」

「您知道作家亨利·詹姆士嗎？」

「呃……嗯。」

「前些日子，雜誌刊載了亨利·詹姆士先生與女記者騎自行車的文章。夏目先生，您看過了嗎？若是還沒有，下次我借您。那篇文章把騎自行車的快樂描寫得淋漓盡致。對了，無法遠遊的話，更近一些……對了，到溫布敦一帶如何？下個星期天您有空嗎？」

「當然有。有空是有空，不過……」

「那就這麼說定了。下個星期天，真叫人期待。」

凱薩琳小姐說完，又放下了面紗。我忽然想起一事，便問她：

「您不介意嗎？我是說，最近英國婦女當中，有些人不願意讓人看到她們和外國人士在一起？」

凱薩琳小姐奇特地停頓了一下，隨即以斬釘截鐵得嚇人的聲音這麼說：

「我一點也不在意人種和膚色。」

目送凱薩琳小姐轉身快步離去的身影之後，夏目終於開口了：

「哎，華生，你真的完全被她討厭了。誰叫你亂說話。」

我轉頭一看，只見夏目笑容滿面。

「好啦，不能再拖下去了。」夏目將手上的手杖甩了一圈，問道，「對了，華生，你會騎自行車嗎？」

「當然會啊。怎麼了？」

「那麼，就麻煩你指導一下了。」

「指導……難道你……」

「嗯。自行車這東西，我從來沒騎過。」

我帶夏目到自行車行。

「沒騎過的話，這邊的自行車比較適合。」我建議夏目騎小型的自行車，但夏目只瞥了一眼，便皺起眉頭。

「別開玩笑了，華生。這不是女性騎的嗎？」

「這種車型用來練習最恰當了。」

「雖有多寡之分，但我好歹是個唇上有毛的男人，怎麼能騎女性的自行車。太不像樣了。就算是練習，也該用一般的車。」

「可是，一開始一定會摔倒的。」

「摔倒就摔倒，我還是要選一般的車。」

夏目這麼說，自行從店裡一角找到一輛灰塵滿布的舊自行車，拉出來。

「虧你找得到這麼舊的車。」

「弘法不擇筆，何況區區自行車。」

我不知道弘法是什麼，但心想反正一定又是個東洋的怪人，就沒問了。但在查看自行車後，我說道：

「鏽得很厲害，也沒上油。」

「鐵鏽會掉，沒油只要上油就行了。用不著瞧它不起。再說，反正會到處撞吧？不必買新的。」

夏目這麼說，爽快地付了老闆錢，將自行車牽到店外。

「你打算在哪裡練習？」我問。

「由你決定。」夏目想了想後說道，「不過，儘量選沒什麼人、路況不差、摔倒也不會被人嘲笑的地方。」

明明說由別人決定，條件還真多。我略加思索，提議到克萊芬公園練習。

光是把自行車推到公園就是一大工程。因為一般尺寸的自行車對矮小的夏目來說還是太大了。他架不穩龍頭，自行車動不動就朝錯誤的方向前進。推著自行車的夏目不止一次被龍頭重重撞到大腿內側而蹲在路旁。

「原來如此，」夏目鐵青著臉站起來說道，「經驗是最好的老師，這句話真是至理名言。……華生，我懂了。龍頭是最危險的東西。」

總算抵達公園時，我們兩個都已經滿頭大汗了。

「好，在這裡騎騎看。」我擦掉額上的汗說。

「騎騎看？你這話真無情。」夏目沒出息地回頭對我說，「真不敢相信出自一個多年友人之口。你難道沒有別的話好說了嗎？」

我無言地攤開雙手。夏目又在口中唸唸有詞了一陣，終於以一副壯士斷腕的樣子跨上了自行車。才剛跨上，就從另一側跌下來。之後也是上去就跌，一跌再跌，無法在自行車上停留。我實在看不過去，對他說道：

「一開始就想坐上車是不對的，不能踩踏板。能抓緊自行車讓車輪轉一圈就算很好了。」

然而，無論夏目再怎麼抓緊自行車，車輪還是連半圈都轉不到。夏目終於癱在地上，仰天嘆息。

「華生，我已經不行了。萬事皆休。我死了之後，一切都交給你。麻煩你了。」

夏目在說這些話時，也不時斜眼偷看我。對他而言，與凱薩琳小姐遠騎可不是這麼輕易就能放棄的。我苦笑著走近夏目，幫他架起自行車。

「來吧，我像這樣幫你牢牢扶好，你騎吧。」

「多謝。這才叫朋友。」

夏目雙眼發光，從地面一躍而起。

接下來，又是一陣手忙腳亂。

「喔，你這樣整個人爬上去會翻車的。看吧，又打到膝蓋了，你的屁股要輕輕放上去，雙手握住這裡。對，很好，我會向前推，你再隨著車子向前。開始！」

結果在推出去的那一瞬間，立刻證明了這些辛勞只不過是讓夏目的臉在沙地上猛然著地的準備罷了。

「你沒事吧？」

我一叫，夏目便立刻爬起來。他的半張臉上沾滿了沙，說道：「再麻煩你一次，華生。這次要推用力一點。……什麼？會跌倒？跌倒算什麼，身體是我自己的。」

不久，夏目終於能夠勉強在自行車上停留了，實在了不起。

「好，這樣就行了。華生，接著是馬路。」

「還太早了。我認為最好在這裡多練習一下。」

「哪裡會早。星期天我就必須騎車到溫布敦了。好好一個受過文明教育的紳士，失敬於婦女可是會終生抬不起頭來的。豈能大意。」

「可是，你還不能算是會騎自行車啊。」

「哦，怎麼說？」

「這……你只是抓住我推的自行車而已，別說踩踏板了，連屁股都沒有坐在坐墊上，不是嗎？」

「這算什麼，我馬上就能學會的。把人留在自行車上才是最重要的。要達到這個目的，最好的辦法就是在馬路上實地練習。」

夏目這麼說，便推著自行車蹣跚地走到馬路上。

所幸公園四周都是閒靜住宅比鄰的和緩坡道。站在坡道上的夏目抱著自行車，一臉沉重地偷看了筆直向下的路的盡頭。

「華生，這坡道真陡。」

「沒這回事。」

「宛如懸崖峭壁。」

「那，算了吧？」

「我要騎。你到前面去，看好沒人、沒馬車的時機告訴我。」

我照他的話，到下坡去看人車。

「好，就是現在。快上車！」

夏目依我的信號跨上自行車，車搖搖晃晃地動了。

原來如此，若是這裡，夏目用不著踩踏板，車輪就會因為地球的引力而自行轉動。載著夏目的自行車不閃人、不閃馬、不閃狗，一個勁兒朝坡下挺進。一定是從窗戶裡看著吧，當夏目經過時，一幢屋裡響起了拍手聲。然而，夏目當然無心他顧，鐵青著臉緊抓著自行車。

來到坡道一半的地方，發生了意外的狀況。岔路上忽然出現了一群女學生。我叫了一聲，卻已經來不及了。我心想一定撞上了，膽顫心驚地抬眼偷看，只見夏目奇蹟般從女學生之間穿過，而且自行車沒有倒，還繼續前進。我還來不及鬆一口氣，夏目騎的自行車就筆直朝我衝過來。我連忙拔腿就跑。只聽身後夏目大叫。轉眼間自行車就從我身旁超前，騎上人行道，這樣還不停，直到撞上圍牆，搖搖晃晃地倒退了八碼之多，最後發出卡鏘一聲大響，才總算倒在路上。我連忙趕過去，只見夏目昏了過去，倒在地上。

此時，穿著制服的警察出現了。警察看了看仰天而倒的夏目，笑著問：

「你似乎吃了不少苦頭啊。」

夏目眨眨眼仰望警察，好不容易才答了一句話：

「Yes.」

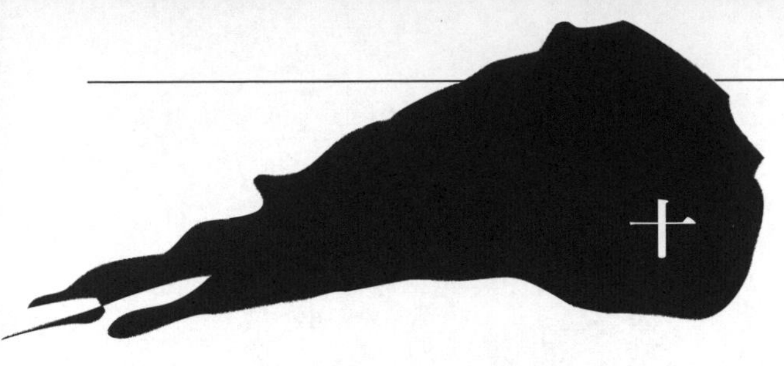

十

女士們的說詞

「華生，看樣子有委託人上門了。」

站在貝克街二二一號B座窗前的夏目，拿下剛才還銜在嘴裡的菸斗，從拉下一半的百葉窗縫中指指馬路。隔著他的肩頭看下去，一個戴著黑面紗的婦人正從停在門前的四輪馬車上下車。

婦人從馬路上抬頭朝這裡瞥了一眼，在門前站定，鈴聲立刻便以我從未曾聽過的急促激烈短短響了兩聲。第三聲響了一半便嘎然而止，似乎是拉繩被扯斷了。

在我們吃驚互望中，喀喀作響的生硬腳步聲上了樓，走近走廊，門立刻被猛力推開。

「究竟是怎麼回事！」

一開口便是尖銳的聲音，扯下面紗的，竟然是莉莉・奧斯朋夫人。然而，最初的驚訝因她接下來說的話，立刻被拋到一邊。

「警方在靈媒師命案一案中竟然懷疑外子。天底下還有比這更可笑、更愚蠢的事嗎！請你馬上想辦法！」

我請站在門口的奧斯朋夫人進來，關上門，再請她坐在扶手椅上。

「您說警方懷疑羅伯特勳爵，是真的嗎？」

「有什麼好假的！剛才那個失禮的探長跑到我們府裡，問了外子一大堆事情。」奧斯朋夫人依然以毫不客氣的語氣說。

「我以為警方懷疑的是行蹤不明的艾蜜莉・懷特小姐？」

「那個愛爾蘭姑娘聽說已經被捕了。」

「咦，什麼時候？」

「我不知道。剛才探長是這麼說的。」

「都已經逮捕嫌犯了，卻又回過頭來懷疑羅伯特勳爵，真是奇怪。」

「好像是有證據證明那姑娘不是兇手……」

「有證據？」

「天曉得？既然懷疑外子，應該就是這樣吧。」

「那麼，這件事我稍後再問問雷斯垂德探長。」

「請你一定將這件事列為首要之務。」

「警方為何懷疑羅伯特勳爵？好比在動機方面，警方怎麼說？」

「動機當然是錢呀。」

「有錢人不可能因為一小筆錢就殺人。就算是警方也應該不會這麼蠢才對。」

「哎呀，誰有錢了？」

「當然是羅伯特勳爵。」

「怎麼可能。」

「不是嗎？」

「不是。」奧斯朋夫人的神色泰然。

「我不太明白您的意思。」我不解地問，「羅伯特勳爵擁有代代相傳的廣大領地。勳爵熱愛戲劇，贊助劇團的大方是出了名的，而且……對，勳爵對社會主義的精神有所共嗚，總是說將來要為勞工創辦演藝學校。若非有錢人，這些事情根本辦不到。」

「所以呀。」

「所以？」

「你要知道，光憑著領地的收成，得住在那塊土地上才能夠過富足的生活，要住在倫敦實在是遠遠不夠的。……當然——先不提演藝學校這種空談——花在劇團的錢其實沒有多少。可是，這年頭，什麼事都要現金，現金呀！誰還管明年的收成呢。於是，外子為了周轉現金，在別人的建議下接觸股票。」

「哦，股票啊。」

「南非的股票。有一段時間賺了很多錢。你也知道吧？黃金，還有鑽石。那陣子，外子認為投資南非的股票，就好像撿掉在路旁的現金一樣容易。可是，這陣子南非股票大跌，不是嗎。現在，他幾乎沒有自己的資產了。」

「這就奇怪了。我最近才看過您捐獻給教會大筆捐款的報導啊？」

「我們的資產是各自分別管理的。捐給教會的，是我的錢。」夫人聳了聳肩說，「都已經受到那麼慘痛的教訓了，外子還是學不乖。喏，上次認識你的那場降靈會。我都說不想去了，他卻硬是把我帶去。……我早就知道那種活動都是騙人的，而且，就算明知是騙人的，對一個母親而言，想起年幼病逝的孩子依舊是折磨啊。」

「可是，羅伯特勳爵卻說是您硬帶他去的……」

「這個呀，嗯，我當然知道。」

「您知道？」

「因為那活動開始之前，外子為了不讓人家知道他真正的用意，拚命掩飾。聽到他對你們說的話，我都快笑死了，實在不敢靠過去。因為外子打算事後偷偷求靈媒師告訴他該買哪一檔股票。要是我在近前，一定會忍俊不住的。」

聽到這些話，我反而弄糊塗了。當時，她獨自遠離我們，一臉事不關己的樣子，原來是基於這個原因？可是……

我乾脆把問題提出來：

「您聽說過翟爾斯這個名字嗎？」

「翟爾斯？」奧斯朋夫人偏著頭。

「那天，羅伯特勳爵非常在意一個名叫翟爾斯的男子的來信。受到警方的詢問，甚至還不惜說謊表示『翟爾斯是我的牙醫』，還說『來信是催我去治療』。」

「那不是謊話。翟爾斯真的是外子的牙醫。」

「怎麼會呢。勳爵親口承認自己說了謊。」

「那麼，謊話就是後一句。」

「後一句？您是指？」

「外子牙痛是去年的事。信不是催他去治療，而是催他支付拖欠的治療費用。」

看樣子，我那個「翟爾斯是否是奧斯朋夫人的外遇對象？」——稍欠尊重的——推理，果然是大錯特錯了。

「那麼，您真的是為羅伯特勳爵擔心，才來到這裡的？」

「那當然。為什麼你會這麼問？」

「我以為兩位感情不睦。」

「誰和誰？你說什麼？」

「若是我誤會了，我向您道歉。降靈會那天，您和羅伯特勳爵之間言語針鋒相對，在我看來，以為兩位是在吵架。」

「我們？吵架！」夫人驚訝得眼睛都睜圓了，「沒有，我們自從結婚以來，從沒吵過架。那天我們吵架？太荒唐了。那天我們和平常一樣，感情很好呀。」

「可是，那天您……噢……是嗎？」

夫婦的關係，外人是看不出門道的。我重新問道：

「我不明白的是，羅伯特勳爵對社會主義的共鳴，與您對慈善活動的熱情，如何和平共處於同一個屋簷下？例如那天，羅伯特勳爵大彈『宗教是民眾的鴉片』的論調。勳爵對您的基督教慈善活動不是頗有微詞嗎？」

「是呀，他嘴上總是那麼說。」夫人聳了聳肩，「可是，你想想看。他所說的理想社會，與我們的天國有什麼不同？不管聽外子說過多少次，我還是不懂社會主義那些主張與教會的教義哪裡不一樣。所以我最近決定這麼想：『我們夫妻只是各自用不同的名字來稱呼同一個地方而已。』既然我們的目標都是同一個地方，還有吵架的必要嗎？……假使有問題，應該是另一方面。」

「另一方面？」

「正是。他要喜歡戲劇是他的事，但連平日說話都是演戲的調調，竟連回答探長的問題也只會兜著圈子說話。真是的，外子也有錯。警方問話，他竟然答『殺人，多麼殘酷的一件事。天底下還有比這更殘暴、無人道的罪行嗎！』、『犯罪沒有嘴，但卻以不可思議的器官說出來』，有人會這樣回答問題的嗎？再加上『馬克白夫人』……」

「也提到這件事了？」

「是啊。探長問我『是否聽到靈媒師臨終前的話？』，我回答『不是很清楚，但似乎是什麼夫人。』因為這沒有隱瞞的必要。可是，外子卻堅稱『靈媒師說的是「馬克白夫人」』恐怕是不願意警方對我產生絲毫懷疑吧……」這時夫人臉上才頭一次出現溫柔的笑容，但立刻又恢復冷冰冰的樣子說道，「他就是這樣三句不離戲劇，所以自己才會頭一個遭到懷疑。」

「這麼說，雷斯垂德還說了其他具體的事情？」

「好像是外子最近的行動有些疑點。」

「什麼樣的疑點？」

「探長說，有人看到外子深夜出入倫敦塔。」

「怎麼可能？對此，羅伯特動爵怎麼說？」

「這一點就很奇怪了。一談到這件事，外子不知為何突然頑固起來，只是一味重複說『這與警方無關，我只是追求戲劇寫實而已。』其餘的就堅持不肯開口，無論如何都不願回答。他甚至連我都不肯說，這還是結婚以來頭一次。我真的不知該如何是好……」

「於是，您便立刻趕來這裡。」

「不是的。一開始，我是想到蘇格蘭警場把事情問清楚，但去了一看，沒想到天底下竟有那麼髒的地方！」

「我明白了，於是您生氣了。」

「你竟然看得出我生氣了。」

多虧如此，我總算得以說出我向來想說說看的一句話：

「這是基本的推理。」

我向她保證，我會代她到蘇格蘭警場細問詳情。莉莉・奧斯朋夫人放下面紗，從椅子上站起來，與我握手，轉身向門，這才注意到身在房內一角的夏目。

「哦，我記得你是……」

夏目走近夫人，伸出了手，以裝模作樣的語氣說道，「既然我接下了案子，您就可以安心了。您很快就會聽到好消息的。」

奧斯朋夫人的手被夏目握著，驚訝地回頭看我。我也只能微微偏頭向她致歉。但奧斯朋夫人似乎立刻明白了狀況，對夏目說：

「久仰大名，據說您非常熱中研究。」

「哪裡，最近說不上研究。近來我接受建議，開始騎自行車，因此從早到晚都在忙這個。」

「自行車是個有趣的東西，我們府裡每個人都騎。您一樣也會騎車遠遊嗎？」

這個問題讓夏目低低唔了一聲。老實說，他的本事還不足以騎上大馬路。

「還不到遠遊的程度……」夏目一面偷看我的臉色一面說，「在坡道上順勢往下的時候，委實愉快極了。」

載著莉莉．奧斯朋夫人的馬車響起輕快的車輪聲離去了，而夏目的自行車練習又不能休息，於是我獨自一人搭乘出租馬車，前往位於維多利亞河岸的蘇格蘭場。

幸好我下了馬車便在大門附近看見那熟悉的褐色衣服。我立刻出聲叫道：

「呀，雷斯垂德，調查似乎很順利啊。」

「哦，醫生。難得你親自特地前來。今天你一個人？」

「嗯，我一個人。對了，聽說你們抓到艾蜜莉．懷特小姐了？」

「懷特小姐？哦，你是說那個舉止粗俗的愛爾蘭女孩吧。她啊，是的，抓是抓到了，不過……」

「她怎麼說？殺害那個冒牌靈媒師的，真的是她嗎？」

「關於這一點，」探長微微皺眉，「對了，你認識她吧。那麼，可以請你見見她嗎？或許她會願意對你說真話。」

一聽我表示求之不得，雷斯垂德便立刻領先帶路。他帶我到一個兩道白牆上有許多門的走廊。

「右側第三道門。」

探長打開門上方的木板小窗，朝裡面看了一眼，然後取出鑰匙，打開了上了閂的門。昏暗的房間深處傳來一個女子輕佻的聲音：

「喏，香菸還沒拿來嗎？快拿來給我呀。」

我回頭看雷斯垂德，見他不情不願地點頭，便把我身上的菸遞給她。我幫她點菸，一面觀察她，雖然沒有驚叫出聲，但內心大為震驚。她真的就是那個艾蜜莉・懷特小姐嗎？但是，從她身上，我實在找不出那個留著長長的黃色頭髮、滿面雀斑、臉頰發紅、眼睛始終吃驚般大睜、天真無邪的年輕女孩的影子。

在我眼前的，是一頭剪短的深褐色頭髮，以及不健康的蒼白臉頰，尤其是眯眼歪嘴、嘴角吐煙的樣子，怎麼看都不像一個剛離開學校、在金融區當打字員的女孩。然而，即使如此，仔細看的話，她果真就是前幾天在降靈會上遇見的女子沒錯。

「妳還記得我嗎？」

聽我這一問，她眼睛瞇得更細，然後笑著說：

「嗨，醫生，好久不見。羅伯特好嗎？他真是個有趣的老先生。還叫我去修道院呢。」她一面說，視線一面朝我背後繞，「今天另一個人沒跟你一起來嗎？喏，就是那個夏洛克・福爾摩斯先生……」問到一半，她突然噗的一聲笑出來。

她把香菸一丟，捧著肚子真的開始大笑。

「有什麼好笑的？」

「你還問……」她擦著笑得太厲害而流出的眼淚這麼說，但又因為湧起的笑意發作而扭曲了身體。我回頭與雷斯垂德對望，但她笑個不停，所以我便直截了當地發問：

「是妳殺了那個老靈媒師的嗎？」

笑聲嘎然而止。

「是不是？」

「不是。」她答得篤定，「我沒有殺人。再說，我幹嘛殺蘿拉婆婆？」

「這就要問妳了。」

「如果你回答我的問題，我就回答你的。如果回答得了的話。」

「那個靈媒師手上是不是有妳的把柄？蘿拉婆婆想勒索妳，所以妳殺了她。」

她傻眼似地看看我又看看雷斯垂德，「我說，探長先生，這個人在說什麼呀？他什麼都不知道嗎？是嗎，我就知道。這怎麼行呢，你得好好告訴他呀。」

說完，又面向我，以耐心教孩子的語氣繼續說，「聽清楚了，蘿拉婆婆和我，聯手一起做那個買賣。明白嗎？是她要我演戲的。她說：『我要妳扮成在金融區工作的女孩，炒熱降靈會的氣氛。千萬別讓其他的與會者起疑。』我受雇於她。我幹嘛殺死我的雇主？這次工作的錢我都還沒拿到呢。」

「演戲？妳和蘿拉婆婆聯手？不會吧，那怎麼可能……」

「你真遲鈍。」她輕蔑地笑了，學著之前的聲音說道，「『爸爸！會這樣叫我的，只有在我小時候就過世的爸爸』……拜託，要是有人知道我爸是誰，我還指望他告訴我呢。

再說，你以為是誰在黑暗中吹角笛？還記得桌子搖搖晃晃的嗎？就算蘿拉婆婆再怎麼靈巧，也不能邊說話邊吹角笛，還一個人那樣搖晃桌子吧。我們就是為了這個，才特地坐在對面的。……連這種小事你都沒發現？」

「謝謝妳為我解開機關。」我好不容易說出一句話。

「不客氣。」

「既然妳沒有殺害靈媒師，」我重新打點精神問道，「那麼妳為何要匆匆逃離那裡？」

「因為警方一定會懷疑我呀。」

「妳這一逃，反而更招人懷疑了。」我說，「使用假名、演戲協助勒索雖然不對，但妳應該老實說才是，有前科的事也是。」

「你真的什麼都不懂耶。我遭到懷疑，並不是因為有前科、用假名、協助勒索，是因為我是**愛爾蘭人**。」

「沒這回事，警方是公平的。」

「這你當然不懂啊，**華生醫生**。」她撇著嘴角說，「你們英國人光是因為我是愛爾蘭人就懷疑我。我被警方抓過好幾次，所以你們英國人是用什麼眼光來看我們愛爾蘭人的，我再清楚也不過了。你們英國人因為我們愛爾蘭人不是英國人，就認為我們會犯罪。你們討厭愛爾蘭人，不，討厭所有不是英國人的人。你們因為他們不是英國人，就厭惡他們。……再這樣下去，我明明什麼都沒做，卻一定會被冠上殺害蘿拉婆婆的罪名，就因為我是愛爾蘭人。可憐的我喲！」

「無聊的自言自語就此為止吧。」雷斯垂德嚴厲地插嘴，「我再問妳一次，妳要老實回答。是妳在那橡膠管上塗氰化鉀的吧？妳再否認也沒有用。塗了氰化鉀的橡膠管管口，就巧妙地藏在假山茶花之間。而事先就知道有那些管子的，如同妳剛才自己承認的，就是一起設計這場冒牌降靈會的共犯——也就是說，只有妳了。」

「你再問多少次都一樣。我沒有在橡膠管管口上塗什麼毒。蘿拉婆婆在安排那些機關的時候，我和其他與會者一起待在套間，根本沒進那個房間。對不對，醫生，你也幫我跟這個死腦筋的探長說呀！這個人一直拿同一件事來問我。」

「的確，」我苦笑著說，「就我所知，她和我們一直待在一起，從來沒有走進行凶的房間。」

「看吧！」假艾蜜莉小姐得意地對雷斯垂德說。

「接下來，妳願意回答我的問題了吧？」我再次問，「妳從以前便認識蘿拉婆婆。那麼，妳應該聽得懂那個冒牌靈媒師臨死之際說的話吧？」

「這和命案有什麼關係？」

「當然有。我認為被害者很有可能在臨死時說出了兇手的名字。」

「那你是真的聽不懂了？」

「咦，妳聽得懂嗎？」

「懂呀！這還用說嗎？」

「那妳為什麼到現在才說！」雷斯垂德咆哮。

「這還用問，因為你沒問呀！給我閉嘴，我現在是在跟溫柔的醫生說話。連根菸都不肯給的小氣鬼不要插嘴。」

「那麼，蘿拉婆婆說了什麼？」我問道。

「啊啊？噢，不過，你要失望了，那不是人名。蘿拉婆婆斷氣前說的是『Ladysmith（註）』。」

看我一臉傻楞楞的樣子，她笑著說：

「不就是南非的地名嗎。」

雷斯垂德突然一臉嚴肅，將我帶到門外。然後，給門上了鎖，回頭低聲說道：

「她不是兇手。」

「我倒是開始認為她有問題了。」

「的確，她是有問題。依照我的看法，她就是人渣。反正從這裡出去以後，一定會立刻又去為非作歹。……但是，這次的靈媒師命案，她不是兇手。」

「你怎麼能這麼篤定？」

「這件事，我並沒有告訴你，」探長有幾分內疚地伸手摸額頭，「詳細調查過那橡膠管之後發現，塗有殺死蘿拉婆婆的氰化鉀的，並不是管口。殺人的毒，不是在管子的外側，而是在內側。」

「所以？」

「換句話說，毒不是事先塗在管子上，恐怕是在降靈會中，經由某人的手灌進去的。而這一點直到目前為止，只有警方和兇手知道。所以抓到她、將她帶到這裡之後，我好幾次拿話來套她。一個人是否說謊，從反應大多看得出來。然而，看樣子她對於毒是如何塗在管口上是真的感到不解。更萬萬想不到毒是附著在管子內側。她不知道兇手一定知道的事實。這麼一來，警方雖然感到遺憾，卻也不得不做出『她並非此件命案的兇手』這個結論。」

「原來如此。所以，嫌疑才會落到羅伯特勳爵身上。」我理解了前後因果後說，「那，羅伯特勳爵呢？聽說你也偵訊過勳爵了，不是嗎？反應如何？」

「我們怎麼敢偵訊勳爵！我們只是請教勳爵的高見而已。」雷斯垂德慌張地搖手，「羅伯特勳爵一從我們這裡聽到『靈媒師是被毒死的』，便雙眼一亮，視破機關，說『布置得像是被毒蛇所噬，其實是從耳中灌毒』。我們完全不明白勳爵的話，正納悶時，便被勳爵大聲喝道，『你們這群無腦的東西，還不明白嗎！兇手當然是咬死哈姆雷特之父的毒蛇，現任丹麥國王克勞狄啊！』……唉，貴族都像他這樣嗎？」

「那倒是不至於……」我苦笑著這麼說，隨即又想到另一件事，「慢著，你剛才說

註：Ladysmith，南非地名，位於南非東北部，屬誇祖魯納塔爾省（KwaZulu-Natal），為第二次波耳戰爭的主要戰場。地名是1850年以當時英國開普殖民地總督哈利．史密斯（Sir Harry Smith）之妻Lady Smith為名。中文多譯為雷地史密斯。

『毒不是事先塗在管子上，而是在降靈會當中灌進去的。』是吧？」

「是啊。怎麼了？」

「橡膠管的另一端開口，應該是以假花裝飾，而且朝上方打開的才對。在那場降靈會當中，與會者牽著彼此的手……不，正確地說是手指。這麼一來，無論是誰，都無法脫離那個圈圈，將毒灌進管子裡。那是不可能的。」

「可不可能是一個相對的問題。對你來說的不可能，對兇手而言，想必並非不可能。」

「但是……那究竟是怎麼辦到的？」

「怎麼辦到的，等逮到兇手之後，問本人就知道了。比起這件事，我倒更在意另一件事。」

「另一件事？」

「Ladysmith啊！啊啊，要是早點知道就好了！」雷斯垂德恨恨地嘖舌，咕噥般說出了接下來的話，「話說回來，若是這樣，蘿拉婆婆這次倒是冒了很大的險。」

「慢著、慢著。你又突然說什麼？Ladysmith很危險？麻煩你解釋一下，好讓我也聽得懂。」

「那麼，你真的不知道嗎？就是她在南非的事。而且，在戰時，她被人懷疑從事雙重間諜的事你也不知道？」

「她？雙重間諜？你說的是誰？該不會是我認識的人吧？」

「你當然認識。」雷斯垂德定定地注視著我，壓低聲音說道，「現在，我確信她就是這次殺害靈媒師的兇手。……是的，就是因可恥的雙重間諜嫌疑遭到處死的高佛瑞・諾頓的小姨，凱薩琳・艾德勒。」

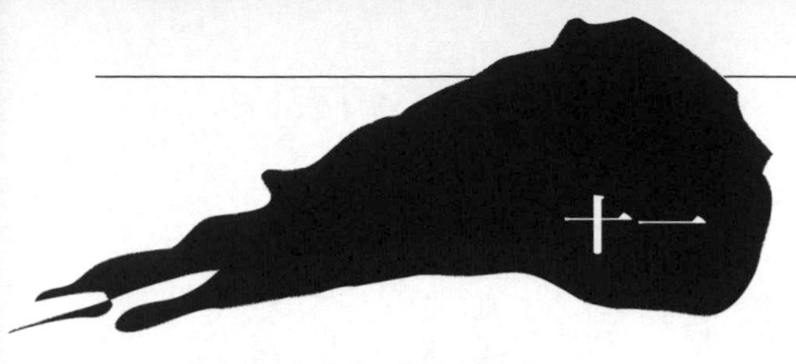

女巫的眞相

接下來從雷斯垂德口中說出來的話，實在令我驚愕萬分。身為艾琳・艾德勒之夫，又是英國名律師的高佛瑞・諾頓，竟然在今年才結束的南非戰爭中被敵方所捕，且因萬惡的雙重間諜嫌疑遭處死。不僅如此，嫌疑也波及其妻艾琳，在嚴厲的偵訊後，她在當地下落不明——恐怕已不在人世。

我目瞪口呆地聽著探長的話。曾經制歐洲第一名偵探於機先，與丈夫攜手逃往歐陸的艾琳，後來與其夫高佛瑞・諾頓前往南非，並且在當地開設法律事務所等等，這一切在我都是前所未聞。

「詳情雖不清楚……」雷斯垂德沒料到我竟會受到如此大的衝擊，似乎有些著了慌，將以下他從某管道聽來的情報告訴我：

「先行移民到南非的荷裔波耳人與英國移民之間的戰爭開始之後，諾頓便頻頻周旋於兩者之間。因為他在當地開設法律事務所已久，因此與敵方的司令官也認識。其間，英軍當然認為他是為英國工作。而實際上據說諾頓也曾將當地荷方的情報悄悄透露給英方。然而，有一次英方注意到一件怪事：敵方探知己方的作戰機密。而似乎只有在諾頓剛巧來到司令部時，機密才會洩漏。但是，那時所有人都還只是半信半疑，認為『那個諾頓律師怎麼可能會這麼做？』其中一名將軍甚至曾半開玩笑地直接問他本人。然而，諾頓竟從此不見蹤影。好一陣子不知去向。

然後——直到戰爭即將結束時——才得到了諾頓在Ladysmith落入當地荷蘭人手中的消息。同時也在偵訊過程中得知了驚人的事實。原來諾頓將當地荷蘭的情報透露給英國移民，又將英軍的情報傳給當地荷蘭人。換句話說，他竟是英國紳士最為鄙視、不齒的雙重間諜。

嫌疑也波及他的家人。他的妻子艾琳．諾頓被英軍所捕，受到嚴厲的偵訊，而她也死了。她是為什麼、怎麼樣死的，詳情我並不清楚。因為事情畢竟是發生於戰時。只是，據說她在偵訊期間態度始終堅定不移，在當地也贏得敬佩。

還有，這是在戰爭結束後才查明的，諾頓在偵訊後，立刻遭到當地荷蘭人處死。只不過，就算他是被英方所捕，下場也是一樣吧。」

「那麼，這件事和這次的靈媒師命案——尤其是凱薩琳．艾德勒小姐，有什麼關係？」

「戰時她也在南非。」雷斯垂德答道，「英軍、當地荷軍雙方都不相信卑鄙無恥的雙重間諜是由一人獨自進行的。正因如此，艾琳．諾頓才會受到英方的嚴厲偵訊，但當地荷蘭人卻更懷疑高佛瑞．諾頓的小姨，也就是凱薩琳．艾德勒小姐。然而，姊姊艾琳接受英軍偵訊期間，凱薩琳．艾德勒卻脫身回到了英國。」

「你是說她獨自逃離？」

「不，是兩人結伴。」

「這麼說，她已經有丈夫，或者是這一類的對象了？」

「我們不知道她是否有這樣的對象，但至少她來英國是和其他的男子同行。那人恐怕沒辦法當她的丈夫。」

「哦？怎麼說？」

「諾頓夫婦有一個年幼的兒子。凱薩琳·艾德勒小姐是與外甥一起回到英國的。」

聽到這裡，我頓時想起一事。夏目頭一次說起她的時候——也就是夏目在倫敦塔看見凱薩琳小姐時，不是曾說她身旁帶著一個年約七歲的男孩嗎？這麼說，那孩子肯定是她姊姊、姊夫的孤兒。

「這是我的猜想，蘿拉婆婆多少知道凱薩琳小姐在南非的活動，」雷斯垂德說道，「這樣推測，可說是合情合理的。因為戰爭結束後，很多人從南非回國。蘿拉婆婆很可能是聽說誰起，探聽到了凱薩琳小姐在戰時擔任無恥的雙重間諜的事實。於是她舉辦了降靈會，加以勒索。『要是不想讓妳的秘密被抖出來，就付遮羞費。』然而，這件事被凱薩琳小姐發現了，便採取了比付錢更有效的辦法。那就是，從管子裡灌進去的氰化鉀。」

「可是，戰爭已經結束了啊。就算不願意別人抖出過去戰時的間諜嫌疑，用得著去殺人嗎？」

「因為有錢人忌諱醜聞啊。更何況，有傳聞說她姊夫高佛瑞·諾頓之所以為當地荷蘭人所抓，是有人去告密，也許她比一般人更害怕醜聞。」

「讓我回到先前的疑問，她是怎麼把毒灌進管子裡的？」

「這我就不知道了，我又不是福爾摩斯，實在說不上來。」探長賊笑著說，「不過，這只要請她本人到局裡來，直接訊問就能知道了。再怎麼說，殺人這種罪，無論再有錢的人都避不開。」

「你剛才也這麼說。她這麼富有嗎？」

「哦？你不知道嗎？她美國的家不但擁有金礦，已故的諾頓夫婦也給她留下了大筆遺產。據說諾頓的法律事務所事務之繁忙興隆，在南非可是數一數二的。如今她已是家財萬貫的富豪了。」

「奇怪了，」我納悶道，「高佛瑞·諾頓已經夠富有了。既然如此，他為何還要去當令人鄙夷的雙重間諜？」

「要發問是你的自由，但並不是每個人對每個問題都有解答啊。」他這麼說著，聳了聳肩。

我結束了發問，離開蘇格蘭場的時候，外面又飄起了那黃色的霧。我想找出租馬車，但附近沒看見，便決定步行到查令十字車站。

在霧中，人容易陷入思索。即使不在霧中，我也有很多事得好好想想。或者，也可以說，有很多事令我十分困惑。我從雷斯垂德那裡聽到意外的消息，得知福爾摩斯至今仍尊稱為「那位女子」的唯一女子艾琳·艾德勒已慘死他鄉。

我該如何把這個惡耗告訴福爾摩斯？的確，福爾摩斯對「那位女子」，也就是艾琳·艾德勒並不曾懷抱著類似戀愛的感情，而且事隔多年，想必更談不到。更別提她看穿並反制了福爾摩斯的妙計，其實相當可恨。但正因如此，對福爾摩斯來說，這更加使她成為這世上唯一令人難忘的女子。這名女子，偏偏與丈夫因可恥的雙重間諜嫌疑被捕、處死，要是福爾摩斯知道了……至今，我每每見識到福爾摩斯那冷靜精確、均衡得驚人的卓越推理家的心性，同時卻又深知他其實非常纖細。恐怕他會淡然接受這個事實，臉上的肌肉動也不動吧。正因如此，想到福爾摩斯的內心，我更加為之心痛。

還有其他必須思考的問題。也就是「靈媒師命案」，換個角度來看，這可說是更迫切的問題。於是我在霧中邊走邊數有多少未解決的謎題。現在被捕的冒牌艾蜜莉小姐真的與命案無關嗎？或者正如雷斯垂德的推理，毒死靈媒師的是凱薩琳小姐？兇手又是如何行凶的？說到這，姑且不論與命案的關聯，羅伯特勳爵為何深夜要在倫敦塔四周徘徊？就連這一點也還是不解之謎。

我不禁苦笑。重新回顧命案，實在無法說離真相更近了一步。案發以來，我究竟在做什麼？結果不就只是陪夏目練習騎自行車而已嗎？

太陽已然西沉，倫敦這個城市被黑暗包圍。日落之後，霧變得更濃了。我在馬路上停下腳步。腳步聲在霧中迴響，感覺得出路的另一邊有人經過。但我卻一點也看不見他（或她）的身影。這時，一樣看不見的馬車經過。不知為何，我懷著奇妙的新鮮感環視四周的情景，忽然想起，這感覺是夏目教我的。我正透過夏目的眼睛，把熟悉的倫敦當作截然不同的地方來看。這讓我感到非常有趣。

一陣強風吹過，掀起了前方的濃霧帷幕。那一瞬間，有東西映入我的眼簾。絢麗奪目的紫。霧幕再度落下後，有那麼一刻，我以為自己看到的是幻影。凱薩琳小姐背向著我走在霧中。而且她身穿初見時那身美麗的紫色長禮服。

然而，那終究不是幻影。那美麗的背影我絕不會看錯，走在前面的正是凱薩琳小姐其人。她獨自走在這陣霧中，究竟要到哪裡去？我當即決定要悄悄跟蹤她。

很快地，我便找到了走在前方的紫色禮服。我稍後落後她一段距離，免得跟丟了。凱薩琳小姐的衣著雖然不適合步行，卻沒有要攔出租馬車的樣子，一逕走著。而我一面跟蹤，一面心中提心吊膽，只怕會被她發現。她是認得我的。她只要一回頭，我就行蹤敗露。然而，她一次都沒有回頭。否則，儘管有這陣濃霧讓我藏身，但我沒有喬裝改扮，要跟蹤別人而不被發現，恐怕是不可能的。

凱薩琳小姐不疾不徐，不斷向前走。過了查令十字車站，從河岸街走到看到萊西姆劇院，再到艦隊街……我開始訝異她要走多遠了。金融區就在眼前。她仍目不斜視地走著。……我發狠繼續跟蹤。……從卡農街經過英格蘭銀行前，隆伯德街……霧越發濃了。……在芬喬奇街走到左手邊經過萊姆街後右轉，才轉進敏興巷——我忽然失去了走在前方的凱薩琳小姐的身影。

一瞬間，濃霧包圍了她，下一刻，她的身影便有如化入霧中，忽然消失了。我感到莫名其妙。我呆立在她消失的地方，茫然環顧四周。抬頭一看，左斜前方蹲踞著一個被霧包圍的巨大黑影。我當然知道那是什麼。

倫敦塔。

馬路上不知何時已亮起煤氣燈，人工的光線照不到的地方反而顯得更暗了。我彷彿被吸引一般走近倫敦塔。顯然參觀時間已過，只見大門深鎖。於是我沿著塔與泰晤士河之間的胸牆前進。

前方透出穿過黑暗的光。走近一看，原來是倫敦塔的守衛，食牛肉者們所燃起的篝火。火焰旁爆出開朗的笑聲。隨著距離越近，令人食指大動的香料味也越強。看樣子，我碰巧遇上守衛們的酒宴。下酒菜是咖哩料理嗎？

我看清是幾名男子圍著火焰，對他們說：

「各位晚安。大家似乎很開心啊。」

食牛肉者一同吃驚地回頭。但見我說，「也分我一杯啤酒吧，我會付錢的。」地取出一枚銀幣，他們便立刻招手讓我坐在火堆旁的上位。

我接過他們遞給我的酒杯，祝賀彼此健康之後，喝了一口啤酒，這才慎重地向這群已經喝得滿面通紅的男子們問道：

「你們在倫敦塔的參觀時間結束之後，總是這麼愉快地在這裡小酌嗎？」

「怎麼能總是呢。何況像今天這樣有菜可吃，更是難得了……你說是不是，老頭子。」

一個紅獅子鼻的大個子這麼說，轉頭去看坐在旁邊的年長同事。

「是啊，一點也沒錯。」上了年紀的守衛眼也不抬地點頭，咕噥般說，「難得有好菜可吃。」

「那麼，剛好撞上好菜的我，運氣可真是不錯。」

「你說的對極了。這位先生運氣很好。這可是羊肉咖哩啊！來，請你自己動手。」

「謝謝，那我就不客氣了。」我吃了他們力勸的菜之後說道，「果真可口。是誰做的？」

「誰家老婆做得出這好東西啊！」

「那麼，是店裡買的嘍？我真想知道是哪家店。」

「這不是買的，也不是我們做的。」

「那麼，這些菜怎麼會在這裡？總不會是魔法變出來的吧。」

「說魔法，倒也真像魔法。」

「怎麼說？」

「說起來也是奇事一件。」剛才的老守衛說道，「我們下了工，正在這裡升火，便有個紳士湊上來，給了我們這些啤酒和咖哩。」

「感覺就好像從霧裡冒出來的。」另一個人說道。

「沒錯沒錯。看他從長外套底下拿出啤酒和菜的樣子，簡直就像魔術師一樣。」

食牛肉者們你一言我一語地說著，相對點頭。我忽然想起一事，問道：

「那個人，該不會是羅伯特．奧斯朋勳爵吧？」

倫敦塔的守衛們頓時互看一眼，然後哄堂大笑。

「先生，當然不是了。給我們送酒送菜的，是個又瘦又年輕、一表人才的紳士。再怎麼樣，都和那個羅伯特勳爵扯不上邊……」

獅鼻男這麼說，掃視了同伴一圈，他們又放聲大笑。我感到不解，問道：

「你們和羅伯特勳爵很熟？」

男子們互望之後，別有意味地笑著。坐在一角的年輕男子突然吊著嗓子說道：

「『妳們那鬍鬍卻使我不敢相信妳們是女人（註）』。」

守衛們又開始捧腹大笑。看樣子錯不了，他們連羅伯特勳爵深愛戲劇都知道。我再次問道：

「羅伯特勳爵深夜在倫敦塔做些什麼？勳爵究竟有什麼秘密？請你們把你們知道的告訴我。」

守衛們忽然面色嚴肅，直盯著我看。

「先生，你該不會是警察吧？」獅鼻男問道。

「相反，」我連忙說道，「羅伯特勳爵現在正因為某樁命案遭到警方懷疑。我是受奧斯朋夫人之託，為洗清勳爵的嫌疑而奔走。」

他們遲疑地彼此對望。我繼續說道：

「警方已經找到目擊者證實勳爵深夜於倫敦塔附近徘徊。可是羅伯特勳爵縱使遭到警方疑懷，仍堅決不肯透露自己在倫敦塔做些什麼。」

「那當然啦，那種事他自己當然不肯說了。」

獅鼻男不小心說溜了嘴。他以力排伙伴非議的視線環視眾人。

「呿！有什麼關係！這位先生是想從警方手下搭救羅伯特勳爵。羅伯特勳爵也一定會原諒我們的。老頭子，你也這麼認為吧？」說著，他轉頭去看老守衛，見他死心般搖頭，便一副有了後援般地又轉過頭來。

「先生，接下來我告訴你的事，若讓人知道是我們說出去的，會有諸多不便。我們，怎麼說呢……收了點好處，答應羅伯特勳爵我們會保密，而且我們也算是違了點規。若是被人知道，恐怕不太方便。所以這一點，你願意嚴守秘密吧？」

我向神發誓之後，食牛肉者們間緊繃的氣氛才總算放鬆下來。

「羅伯特勳爵經常找人在深夜的倫敦塔排戲。」獅鼻男說道，「劇名叫作《悲劇公主珍．葛蕾的臨終》，劇本是羅伯特勳爵自己寫的。對此，勳爵可是自豪得不得了，說是『這可是超越莎士比亞的作品。』為此，他還說『這齣戲必須在真正的地點——也就是公主珍．葛蕾被處死的倫敦塔中演出。』因為勳爵他呢，你也知道，不但熱愛戲劇，又熱中於什麼莫名其妙的社會主義。也因此才會親切地與我們這種人打交道，說社會主義就是重視寫實。我們也被勳爵的熱誠打動，雖然有些違反規定，也就睜一隻眼、閉一隻眼，不去追究。」

「你是說排練戲劇？」我感到不解，「可是，如果是這樣，勳爵為何不說實話呢？當然，買通你們……不，請你們通融在深夜進入倫敦塔確實是違反規定，可是若只是這樣，應該沒有必要堅決不肯開口吧。」

「如果只是這樣的話。」獅鼻男一這麼說，因酒氣紅了臉的守衛又面面相覷，哈哈大

註：出自莎翁名劇《馬克白》。

大笑。

「『妳們那鬍鬍卻使我不敢相信妳們是女人』。」

剛才那年輕男子又高喊《馬克白》的台詞。

「真想讓先生你也瞧瞧。」獅鼻男忍著笑說，「先生，你要知道，羅伯特勳爵是在深夜塔裡排練戲劇。不但如此，動爵還**親自演出**主角珍·葛蕾這個角色。」

「勳爵親自演出珍葛蕾？可是……」

「我的天哪，我這輩子什麼野台戲都看過，卻沒看過那麼可笑的角色分配。因為，一個又老、又胖，而且還蓄著鬍子的演員，偏偏去演英國史上最出名的才女。被蒙著眼帶上斷頭台的公主珍·葛雷——也就是頭戴金色長假髮的羅伯特勳爵，以古里古怪的假音說著『我的心靜如止水。請讓我在這樣的心情下死去』的場面，真的值得一看。我們當中去偷看排戲還能夠忍住笑回來的，很遺憾，一個都沒有。」

「這麼說，倫敦塔的女巫騷動，莫非……？」

「都怪勳爵太熱中戲劇了。」獅鼻男兩頰抽搐著說，「這時候，偏有多事的人去向警察通報說什麼『塔裡傳出怪聲』，警察跑來啦，鄰近的人吵起來啦，一時之間我們還以為會怎麼樣呢。」

「那天也是，」旁邊的禿子插嘴說道，「幸好我們及時發現，否則羅伯特勳爵恐怕就會在最見不得人的時候被警察抓去了。」

「我們要他趁我們絆住警察的時候，從後面逃走。」另一個年輕守衛說道，

「不過，大概是太慌張了，東西來不及整理乾淨。所以啦，才會留下那些怪東西。」

「石板上散亂的稻草！」

「染血的斧頭！」

「一縷金髮！」

圍著火堆的守衛們紛紛舉起酒杯，一一細數，每數一樣一群人就笑得東倒西歪。

「哎，」說著，在這陣笑鬧中，唯一保持正色的老守衛嘆了一口氣低聲說道，「男人演女人，女人作男人的打扮地走在大街上。……這世界變得莫名其妙。」

「女人作男人的打扮！」獅鼻男朝小個子老人的肩上用力一拍，「老頭子，沒想到你還分得出男女啊。對了，你什麼時候看到那種怪女人的？」

「這麼說，你們真的認為送這些酒菜來的，是好心的紳士嗎？」

「哦？不是嗎？我倒是完全沒發現。」

「那的確是個女人，只是作男人的打扮罷了。」老守衛說道。

「你憑什麼這麼說？」

「憑什麼啊，憑她領口逸出來的香味啊。」老人說著突然打起呵欠來，「那個……沒錯……就是白茉莉的味道。」

男裝的女子？白茉莉的香味？

瞠目結舌的我，突然想起一件事。男裝的艾琳・艾德勒曾經完全騙過福爾摩斯和我。莫非，送啤酒和咖哩給倫敦塔守衛的紳士，其實就是作男裝打扮的凱薩琳・艾德勒小姐？

我想細問神秘紳士的特徵，舉頭四顧，一時之間卻無法明白發生了什麼事。不知不覺間，食牛肉者全都當場睡著了。但是，剛才這些人明明還那麼精神抖擻地喝酒、吃菜、哄笑的，究竟是怎麼回事？濃霧中，四周悄然無聲，安靜得令人發毛，除了旁邊獅鼻男發出規律的鼾聲外，只有篝火啪嘁啪嘁地發出燃燒的爆裂聲。

我突然打了一陣寒顫，站起身來。我感到自己已陷入一個可怕的陷阱。

凱薩琳小姐從霧中走出來，身穿一襲鮮麗的紫色長禮服。

凱薩琳・艾德勒走到與我隔火正面相對的位置，在那裡停下腳步。我看著她，不知為何被一股無法言喻的恐懼包圍。

「難道是妳？一切全都是妳做的嗎……」好不容易擠出來的聲音，實在不像我的。

「我姊夫被出賣了。」她對腳邊昏睡的食牛肉者們看也不看上一眼，以平板得怪異的眼神望著半空，開口這麼說：

「我自幼便非常敬愛年紀相差許多的姊姊。姊姊美麗、快活、果決，是我的憧憬。出生於美國的姊姊，以她富有魅力的聲音成為低音女歌手，前往歐洲後立刻便大獲成功時，我一點都不感到驚訝。而當我聽到姊姊突然與英國律師結婚，前往南非時，我也認為這麼做是理所當然。因為我尊敬姊姊，所以我相信她做的事絕對不會有錯。

到了南非，艾琳也經常寫信給我。在信中，她告訴我姊夫高佛瑞・諾頓是個多麼好的人，而他的品行又是多麼高尚。我以姊姊、姊夫為榮，一心想到南非去。但是，當時依然健在的父母不願年紀尚幼的我離開膝下，遠行更是萬萬不許。不久，我得知姊姊生下一個男孩。

從學校畢業之後，我總算如願以償，能夠到南非去拜訪姊姊。許久不見，姊姊還是一樣美麗。不，甚至比以前更美。我很快就明白，是幸福讓她更加美麗。因為姊姊以姊夫高佛瑞．諾頓的工作為傲，也由衷愛著他與他們的獨生子……

可是，這時候，那場可恨的戰爭開始了。」

凱薩琳小姐這麼說著頭部緩緩轉動，空虛的視線對著我。

「一開始，姊夫對英國移民懷抱希望，所以才會將他認識的當地荷蘭司令官洩露的軍情，不動聲色地告訴英方。然而，不久由本國派遣而來的英軍，以討伐當地荷軍為由，任意伐木、割草、放火，簡直就像要把那片土地變成永遠的不毛之地。

姊夫立刻向英軍提出抗議。但是，姊夫的話完全被當作耳邊風。他對英軍感到失望，所以才選擇了當地的荷蘭人，因為他們的作為至少還好一些。姊夫應該徹底這麼做的。可是，身為英國人的姊夫直到最後，還是無法對祖國的人冷漠以對。就為了幫助他們，姊夫才會被出賣。姊夫是被英國人告密，才會被當地荷蘭人抓走的……」

凱薩琳小姐的話突然中斷，我憋住的一口氣好不容易才能呼出來。

「那麼，高佛瑞．諾頓果然是敵方的間諜了……」

「敵方的間諜？」凱薩琳小姐彷彿驚訝於這個詞語的意思地歪著頭，「姊夫從來沒有為敵軍工作過。」

「可是，妳剛才也說了，他選擇了波耳人。」

「姊夫，還有姊姊，只是為了那片土地的人們盡力而已。」

「那片土地的人們？」

「非洲人。」

凱薩琳小姐說完這句話，用力瞇起雙眼，繼續說下去：

「你們在南非開戰，以為那是英國移民與當地荷蘭人之間的戰爭。在你們眼裡，根本看不見原本就住在那裡的非洲人……

正因如此，姊夫身為律師，才必須向當地荷蘭人與英國移民雙方提出訴求：『這片土地，屬於本來居住於此的人們。當然，在這片土地上發現的黃金與鑽石，也屬於這片土地的人們。所有權是他們的。後來的人們，無論是荷蘭人還是英國人，都必須承認這個事實。』……可是，幾乎沒有人理睬姊夫的話。不僅不理不睬，還認為姊夫頭腦有問題，引以為笑談。即使如此，姊夫仍堅決不放棄。而姊姊，至少還有姊姊艾琳，由衷相信姊夫的話，支持姊夫。

我在那片土地上的時候，隨著姊姊、姊夫看遍南非，親眼看到本來身為所有人的當地人們，為了挖掘那些黃金、鑽石，被迫從事苛刻嚴酷的勞動，得到的薪資卻是微乎其微。在每一個地方，他們幾乎都被當作動物對待。而透過姊夫的話，我了解到這是多麼地不合理。

直到開戰，姊夫都一直遊說否定奴隸制度、主張相對穩健政策的英國移民，希望波耳人改善對非洲人的待遇。正因如此，開戰後姊夫也協助英國，但看到英軍不分青紅皂白便將那片土地變成荒地，姊夫徹底失望了。是的，姊夫曾幫助波耳軍。但是，那是為了那片土地以及住在那裡的人們，就這一點而言，姊夫自始至終採取了一貫的態度。敵人？協助當地荷蘭人就是敵人的間諜？不，豈有此理。這根本是藉口。我姊夫，還有姊姊艾琳，一直都是非洲與非洲人的盟友，若說敵人，英軍和波耳軍雙方都是敵人。」

「英國是敵人！」我不禁大聲說，「既然這樣，妳為何要來英國？為什麼又要留在這個國家？」

「我之所以來到這個國家，只是為了那個孩子。」凱薩琳斬釘截鐵地說，「在姊姊以莫須有的間諜嫌疑遭到逮捕、帶走之前，將她的獨生子託付給我。我堅持要等姊姊回來，但姊姊卻嚴正交代我，要我『立刻帶著這個孩子逃走。』姊姊知道在戰爭這種愚行之中，無止境的暴力與不合理的死亡連婦孺都不放過。

姊姊最後對我這麼說，『高佛瑞是被人出賣的。我已經託朋友調查是誰出賣了他。妳把這個孩子帶到英國，在那裡等我的消息。……萬一我不能去，也一定託人將叛徒的名字告訴妳。』所以我待在英國等候消息，一日如同三秋。」

「那麼，妳接到通知了嗎？叛徒是誰？」

「就是你。」凱薩琳小姐嘴角露出不明的笑意說道，我眨了眨眼睛。

「我？怎麼可能，妳在胡說什麼？」

「叛徒就是你。」紫衣女子又說了一次。

那冷笑的嘴變得鮮紅，看來宛如滴血一般。她那雙睜得斗大的雙眼發出異光，頭髮擎天而立。女人緩緩朝我走來。

「你們將自己的文化與生活方式直接帶進非洲，破壞他們特有的文化。……你們無論走到哪裡，都堅持當你們英國人。就好像小說裡的魯賓遜。……你可曾想過？黃金和鑽石，不，那整片土地本身，是屬於本來就生活在那裡的人們的？」

女人不知何時已跨越了火堆，就站在我面前。紫色的禮服揚起，白色的手朝我面前伸過來。美麗的面孔靠近，白茉莉的香味包圍了我……

「我聽說了。」女人的聲音在我耳邊低語，「你因為寫了宣傳手冊，讚揚英軍在南非的作為而獲封爵位？要身旁的人叫你『華生醫生』……你內心想必得意非凡吧，醫生……不，**柯南・道爾爵士**。」

那一瞬間，塔鐘莊嚴地敲響了十點的鐘聲。我體內的鐘聲響起，鐘聲有如就在我手中般清晰。

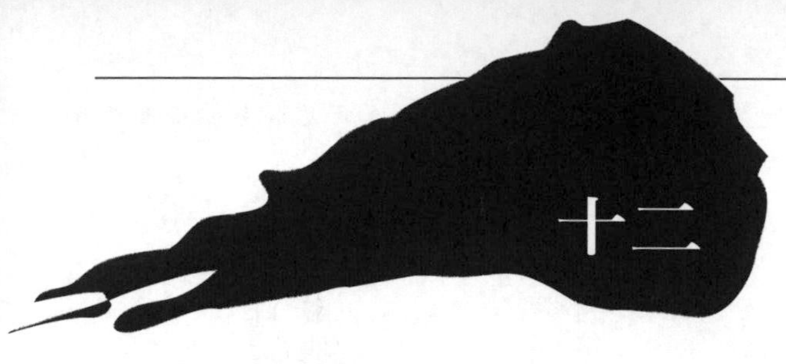

倫敦塔

——回過神來，只見夏目就站在我身旁。

我連忙環顧四周，不知怎麼的，除了我們竟半個人影都不見。凱薩琳小姐，還有沉沉睡去的食牛肉者們，是何時消失的？附近一帶依然濃霧密布，只有篝火在沒了人的地方空虛地發光……

夏目右手提著提燈照向我，轉身默默邁開步子。我不明究裡，決定先跟他走再說。

夏目依舊不語，沿著泰晤士河畔走回去，朝倫敦塔的大門前進。

走過去一看，令人驚訝的是，剛才還緊閉的大門竟然打開了。夏目一副理所當然的樣子走進了大門，等著我過去。我跟著走進去，夏目便高舉提燈，照亮大門。那裡刻著如下的句子：

邁入此門，即抵憂患城國

邁入此門，即受永劫苦難

揚棄一切希望，邁入此門（註1）

夏目將提燈一轉，又率先邁步，我只好跟著他走。

在霧裡，出現了兩尊宛如石油槽般巨大的黑影，分別聳立在兩側，是中塔。自與塔相連的建築物底下走過時，我感到極度恐怖，不禁縮起脖子。熟悉的風景令我感到莫名不祥，一定是因為包圍住四周的濃霧與黑暗的緣故吧。夏目忽然開口說道：

「我來到倫敦後，大感驚訝。」他以幾乎是耳語般的聲音說道，「世界竟然有這樣一個地方，令我瞠目結舌。我當時的心情，簡直就像御殿場的兔子忽然被扔到日本橋中央。我過去所做的學問對於預防這份震驚，連成藥的效力都沒有。支持我這個存在的自恃、自信，隨著這份震驚幾幾乎消磨殆盡。若在倫敦的生活才是現實，那麼我在日本一直以來都做了些什麼？那麼我至今的生活，便與現實毫無接觸。豈不是形同在洞峠午睡（註2）？我無法加入現實。我的世界與現實的世界，雖然在同一個平面並行，卻沒有接觸。我發覺了這一點。現實的世界就像壞心眼的自行車一樣，拋下我逕自向前……」

這時候，我對他的話並非全然理解（御殿場的兔子？洞峠？）。但我注意到，夏目似乎是——並非以夏洛克．福爾摩斯自居——頭一次以他自己的話來說話。

他終於從妄想的黑洞中脫身了嗎？而這件事，和他夜訪倫敦塔究竟有什麼關係？我決定暫時觀望，正好在這時候，看出左手邊我們剛才經過的鐘塔上有人的身影。剛才嚇到我的鐘聲，恐怕就是從這座塔上傳出來的吧……夏目仍舊繼續自言自語般喃喃說下去：

「來到倫敦的這兩年，是我人生中最不愉快的兩年。我處在英國紳士之間，宛如與狼

註1：節錄自但丁《神曲》〈地獄〉篇中地獄之門上的文字。

註2：洞峠是日本京都附近的地名。戰國時期武將明智光秀倒戈逼死織田信長，遭羽柴秀吉（後來的豐臣秀吉）率兵討伐，明智向另一武將筒井順慶求援。傳說筒井並未出兵，而是在洞峠觀望情勢，意圖向有利的一方靠攏。因此洞峠一詞在日文中被引申為「採觀望的態度」、「見風轉舵」之意。後來衍生出「在洞峠午睡」的說法，則是連該觀望情勢都不知，完全在狀況外之意。

群為伍的一隻長毛犬，過著悲慘的生活。倫敦有五百萬人口，在這五百萬滴油當中，我是一滴水，勉強保住小命。就算我穿著長大衣，喝茶，說流利的英語，但我這個人的存在，在倫敦終究也不過是成不了狼、變不了油，又沒有其他主張的悲慘異物。

有些英國人對日本進步之速感到驚奇。但大多數西洋人既不驚奇，也根本不知道。他們對日本，以及日本人，一絲興趣都沒有。因為不了解日本、對日本毫無興趣，即使我們有資格讓西洋人認識、尊敬，只要他們沒有時間、眼光去理解這些，尊敬與戀愛等等關係便無法在雙方之間成立……

的確，也有像克雷格博士那樣的人物。他的穿著極其簡樸，在外面遇見會被人誤以為是車夫。他棲身於閣樓，欣然專注於研究，孜孜不倦。而且他還備受倫敦市民尊敬。可是，這位老師顯然與現實世界互不往來。老師本來就無意與現實世界接觸。曾經，我也想過自己乾脆也專心致志，像老師一樣與活生生的社會斷絕關係，度過一生。所以我去了大英博物館的圖書室。在那裡，我一張張查看盒裡的圖書資料卡。然而，不管我再怎麼翻新的書名總是源源不絕地出現。弄到最後，我肩膀都痛了。我胡亂借了一些書，但不管是哪一本書，一定都有人先看過了。隨處可見的鉛筆筆跡就是證明。我想我是辦不到的。就算花上一輩子，也不可能看完這裡所有的書。不，就連看完一成也是不可能的。我想，我應該活在另一個世界才對。」

夏目說完，突然間不再出聲，停下腳步。抬頭一看，我們正好在叛徒門前。只不過，應該在門上方的聖湯瑪斯塔深陷霧中看不清。夏目無言地舉起提燈，朝著門看。

在燈光下，門前的石階微微發光。我心中一奇，因為石階看起來簡直像是被水濡濕了。不，我沒看錯。不僅石階是濕的，門更有一半沈在水裡。我已經可以清楚看見，水反射著燈光，輕輕打在石階上，波光粼粼。

（我記得自從泰晤士河進行堤防工程以來，這裡就沒有引水才對啊……？）

正納悶時，我聽見划槳的聲音，以及水花打在船緣的聲音。小船的影子忽然從霧中出現，橫靠在門旁。

夏目神情依舊，仍高舉著提燈。我完全不明白這是怎麼一回事。我愣愣地看著這一切，只見一個白鬚垂胸、身穿寬大黑法衣的老人，從小船上蹣跚地爬上岸。緊接著，戴著一頂華麗的鳥羽帽、左手扶著黃金刀柄的年輕男子以輕巧的腳步下了船。我忽然覺得這年輕人很面善。第三個人，是個將青色頭巾深深戴到眼際、天藍色的絹布下穿著鎖子甲、體格壯碩的男子，大剌剌地從船上跳下來。我的視線無法從他的側臉上移開。那極具特色的鷹勾鼻……

他是不久前才和我交談過的倫敦塔守衛之一。如此一來，第一個上岸的老者，就是那個年長的守衛了。另一人肯定是吊著嗓子喊《馬克白》台詞的年輕人沒錯。

我心中一凜，想起了一件事。他們剛才告訴我，倫敦塔深夜有戲上演。這一連串莫名的舉動，莫非也是戲劇的一部分……？

這麼一想，我整個人興趣都來了，便動腦猜測起他們所扮演的角色。

三人搭小船抵達叛徒門。由此可知，他們是在這倫敦塔度過悲慘餘生的歷史人物。年長的守衛扮演的是克蘭默大主教（註1），年輕男子是雷利爵士（註2），鷹勾鼻男子就是那個懷厄特（註3）了。

三人下了小船，不久便無言地消失在濃霧中，夏目便又提起提燈開始走。沿來路向左轉，走進血塔的門。經過塔的下方時，上方傳來孩子的聲音。抬頭一看，由不規則的石頭堆疊而成、處處有藤蔓攀爬的石牆高處，開了一扇格子小窗，洩出微弱的燭光。聲音似乎是從那裡傳出來的。這時候，又聽到兩個孩子說話的聲音。年紀較大的——聽來像十三、四歲的聲音說道：

「只要能活命，我願意把王位獻給伯父。」

「啊啊，我好想念母后。」這個聲音更年幼。

我心裡有了譜。血塔裡演的是那齣《理查三世》。這麼一來，塔裡的兩名年幼的兄弟，不久便會被伯父理查派出的刺客勒斃。雖明知是演戲，但我心中仍感到萬分悲憫。

——回過神來，只見夏目就站在我身旁。

他看也不看我一眼，提著提燈，再度緩緩邁出腳步。夏目耳語般壓低聲音說：

「沒有莎士比亞，也沒有華滋華斯的日本，將來，能夠找出她的獨特之美嗎？英國詩人濟慈說，『美是永恆的喜悅。』然而，美究竟是什麼？自然是美嗎？或者，美是存在於愛美的人心中？美，難道不是人為言語之後，才會成為永恆的喜悅的嗎？那不就是文學嗎……

我明白了，東洋也有歌頌美的語言。日本在久遠的過去，便向中國學過了。在日本，美就是中國的語言——也就是要從漢籍裡去尋。我本人自幼便熟讀漢籍。我在大學裡攻讀英國文學。而學得越多，越覺得被英國文學欺騙。不安之念油然而生。『這究竟是什麼？』我拿到什麼便讀什麼。莎士比亞、華滋華斯、艾略特、濟慈……於是，我發現了。那是過去的我、過去的日本人，所不知道的美。然而，那些終究是英國的美，不是日本的美。自從我領悟這件事之後，我的眼睛就再也看不見漢籍之美了。因為對我而言，那只不過是古代的中國之美。

我恍然大悟。『日本必須找出日本之美。為此，我們需要新的語言。』然而，連一個莎士比亞、一個華滋華斯都沒有的日本，如何能夠產生新的語言？而我又如何為此盡一己之力……」

我什麼都說不出口。夏目話裡的沉痛，不容我輕易插嘴。

不久，我們來到白塔前的廣場。在這裡，夏目第三度改變方向，這次走向了博尚塔。途中，經過處刑台遺跡的時候，我看到那裡有幾個漆黑蠕動的人影。這裡似乎也在上

註1：湯瑪斯．克蘭默（Thomas Cranmer，1489-1556年），第六十九任坎特伯雷大主教。在英國主持宗教改革，後被瑪麗一世處死。

註2：華特．雷利（Walter Raleigh，1552-1618年），英國著名的冒險家，同時也是軍人、詩人、作家、政治家。一度極受伊莉莎白一世寵信，失寵後三度被囚於倫敦塔。最後被詹姆士一世處死。

註3：湯瑪斯．懷厄特（Thomas Wyatt the Younger，1521-1554年），英國詩人與大使懷厄特之子，因起兵反叛瑪麗一世被處死。

演什麼戲碼。被人從地牢裡拉出來的囚犯，正要被處斬首之刑。他們全都無言地演著戲，因此很遺憾地，我看不出在演些什麼。在我觀看期間，飾演囚犯的男子被押到刑場，劊子手提著斧頭現身。斧頭的利刃反射了微微的燈光，白慘慘地發光。我心想，「簡直跟真的斧頭一樣。」劊子手在囚犯頭上舉起斧頭。刀光閃耀，映花了我的眼。

——回過神來，只見夏目就站在我身旁。

博尚塔的入口就在眼前。提著提燈的夏目率先走進去，我跟在他身後。夏目在一樓正中央站定，高舉提燈，轉了一圈，為我照亮四周的牆。牆上刻了許多文字。

「所謂的文明化究竟是什麼？」夏目說道，「最近，日本終於與英國結為同盟。從此，你們看到我便高興地說，日本終於也躋身文明國家之林了。但我卻感到萬分不解。因為，這次日本與英國結為同盟，很顯然是以戰爭為目的。所謂的文明國家，原來終究是要打仗的國家？你們所說的文明化，就是野蠻化嗎？而如今，我能夠回答這個問題。『然，文明化即為戰爭與壓抑。』

我來到倫敦之後，最令我感到痛苦的，是你們投向我的冷漠眼神。並不是因為我是罕見的日本人。你們對所有的外人——例如對有色人種，甚至對同一國家的愛爾蘭人也一樣——都投以冷漠的眼神。是的，我早就發覺了。你們所謂的文明，說穿了不是別的，就是區別他我、歧視非我族類的眼神罷了。

刻在這牆上的，是歷史上遭到歧視者的吶喊。他們被禁錮在這塔中，再也無法活著走出去。這一點他們心裡比誰都清楚。即使如此，在斧頭的利刃使鮮血四濺、骨肉橫飛的那一瞬間來到之前，他們仍盡力活下去。那就是刻在這牆上的文字。他們只能磨利自己的指甲，來對抗堅硬的牆壁。寫了一劃，指甲剝落了，等剝落的指甲好了，再寫第二劃。他們化為一筆一劃，一條線、一個字，永遠地活著……」

夏目這麼說的時候，我覺得室內的寒意頓時吹進我背上的毛孔，我不由得一陣哆嗦。一回過神來，燈光照亮的牆壁顯得濕濕的。拿指尖輕輕一劃，潮濕的露珠讓手指滑開了。一看指尖，是鮮紅的。露水自牆角滴滴答答地滴落，在地上形成鮮紅色不規則的圖案。

牆後傳來隱約的呻吟聲，呻吟聲越來越大，腳邊傳來磨斧頭的咻咻聲。

夏目不說話，以提燈照亮牆角。

我看到那裡刻著「珍・葛雷」的文字。

塔內有火光靠近。不久，出現了幾名手持火炬的男子，白毛翻領的法衣長長拖地的年老教士拉著一名年輕女子，從他們身後出現。女子穿著雪一般白的衣裳，及肩的金髮如雲霧般搖曳。仔細一看，她的臉上綁著白色的手帕，遮住了眼睛。

被拉到同行男子前方的年輕女子，雙手摸索著四周，找到了安放頭頸的台座。她以平靜的聲音問道：

「我丈夫已經到神的國度去了嗎？」

我認得這個聲音。

沒有人回答她的問題，唯有磨斧頭的聲音自腳邊響起。

「我知道……他是被這把斧頭所殺的吧。」

「妳已經做好走上正道的決心了嗎？」扮演教士的老人問道，「現在或許還來得及。」

「我不明白你的意思。」女子嘲弄般說道，「變節的，是你。只有我與我丈夫所相信的路，才是這個國家的正義。變節的，是你……」

女子說著，自行將頭靠到台上。磨斧頭的聲聲停止，一名體格結實的男子自黑暗中走上前來。男子將斧頭高舉過頂。那一瞬間，火炬的亮光照亮了男子的面孔。我啊的一聲大叫，那名男子就是「我」。

「慢著！」

說時遲那時快，「我」用力將沉重的斧頭往下揮。

向前踏上一步的我，看到濺上長褲膝頭的兩、三點血，只覺眼前一暗。

——回過神來，只見夏目就站在我身旁。

「你曾經在清澈的水裡游過泳嗎？」夏目以非常平靜的聲音問我，「往下一看，會因為墜落的恐怖而感到一陣恐慌。這就是迎接明治時代的日本。日本完全沒有立足之處。無論是東洋還是西洋，都無法支持我們的精神。

你們有兩個夢。基督教和社會主義。天堂與未來。這些，日本過去從來不信，往後也絕對不會相信吧。這些都不是我們會做的夢……

說這些話的我有多麼羨慕你們，你是不會明白的。你們很幸福。因為無論如何，你們都能夢想著樂園。無法夢想和這裡不同的所在，無法想像與此刻不同的時間，那麼這個世界只不過是座煉獄。我無法對日本有所貢獻。我氣自己的無能。Anywhere out of the world. 我想到這個世界以外的地方去。可是，我連這一點權力都沒有。因為有人在日本等我。」

夏目這麼說，一臉哀傷地指著腳下。那裡不是堅硬的石地，而是一片無盡的黑暗。我墜落在那片黑暗中。

——回過神來，只見夏目就站在我身旁。

「我有一個朋友，名叫正岡子規。我與他道別，離開日本的時候，他已臥病在床。而前幾天，人在倫敦的我收到了子規的信。信裡只寫了這樣一句話，『我已經不行了。』這封信徹底擊潰了我。讓我再一次體認到，子規這個朋友對我是多麼地重要，恐怕我再也見不到子規了。我想起他多麼渴望來英國，不由得淚流滿面。我丟下朋友來到英國，究竟在幹什麼……」

一滴滴淚水由夏目眼中滾落。淚聚成河，一名身穿白衣，手帕蒙眼的女子，唱著歌，仰飄著在那條河上流過。

他再也不會回來了嗎？
他再也不會回來了嗎？
死去的人已不在。
空等一去不返之人，
不如以死相隨。

白雪般的鬍鬚不復以往。
拭去徒然的淚水，
且讓我們枕流漱石！
願他在天堂，平安喜樂——

女子隨著河流飄浮著，取下手帕，朝著我揮舞。我忽然間知道她就是凱薩琳・艾德勒小姐。

——回過神來，只見夏目就站在我身旁。

夏目默默地指著塔上的窗戶。高高的窗口裡，一名男子的面孔如電光般閃現。

「要是早上一個鐘頭……。這三根火柴沒有派上用場，委實可惜。」

蓋伊・福克斯說完，擦亮火柴，點燃為殺害國王所準備的炸彈。

「慢著！」

說時遲那時快，我手中的斧頭已朝女子雪白的頸項揮下。

——回過神來，只見夏目就站在我身旁。

夏目與穿著白衣的凱薩琳・艾德勒四目相望。

「同情，近似與愛嗎？」夏目問道。

女子看了他一會兒，輕輕嘆了一口氣，輕得幾乎無法察覺。然後，將纖纖玉手放在濃眉上，說道：

「我知道我的過犯，我的罪常在我眼前（註）。」

當下夏目的音色變了。

「妳擁有鋼鐵般的精神。外在擁有女子最美麗的絕世容顏，內心擁有男子也遠遠不及的果敢。妳一定辦得到……」

在說這些話的同時，夏目的模樣不斷改變，變成波西米亞國王的樣子。

「真叫我感激不盡。該如何酬謝你才好？這戒指——」說著，他取下鑽石閃耀的蛇形戒指，托在手心遞出。

「我認為，陛下擁有比這貴重得多的東西。」福爾摩斯說道。

「你儘管開口。」

「就是這張照片。」

「你要艾琳的照片！好，就如你所願。」

「謝謝陛下。那麼，陛下應該沒有事要交代我們了……走吧，華生！」

一回頭，福爾摩斯與艾琳・艾德勒相對而立。艾琳看起來和她突然消聲匿跡那時候一模一樣，一點兒都沒變。

「妳為什麼都沒變？」福爾摩斯問道。

「因為我最喜歡那一年的這張臉、那個月的這身衣服、那一天的這個髮形，所以就維

註：出自舊約聖經詩篇51:3。

持這樣了。」艾琳以她美麗的聲音回答。

福爾摩斯問「那是什麼時候？」，她答，「十五年前，你見到我的時候。」

「妳是一幅畫。」

「那麼你就是一首詩了。」

一百個英國人當中沒有一個懂詩。就這一點而言，日本人真了不起。

「你知道星期二之男的真實身分嗎？」

回過神來，只見福爾摩斯就站在我身旁。

「我已經不行了。」福爾摩斯以失望的聲音喃喃說道。

「你胡說些什麼，福爾摩斯，你還大有可為呢。」我說。

「……即使我是這副德性？」

福爾摩斯轉過身來。我失聲慘叫。轉過身來的福爾摩斯的那張臉上，沒有眼睛、鼻子、嘴巴。——什麼都沒有。

茶花一起掉落。其中，福爾摩斯的頭也滾落在地。福爾摩斯拾起自己的頭，吻了一下，說道：

「哦，華生。沒想到兇手竟然是你。」

「不是的！不是我。我是……」

「變節的，是你。」

「你獲封爵位，想必得意非凡吧，華生醫生。」

鮮紅的花瓣如雨般落下，我拚命撥開落在我臉上的花瓣。花瓣……有股腥味。紅紅的，暖暖的，濕濕滑滑的。我無法呼吸。

我受不了，發出呻吟。

「喔，看樣子是醒了。」我聽見夏目的聲音，呼吸忽然通暢了。一睜眼，只見夏目和兩隻狗一起探頭看著我。

「卡羅，傑克，可以了，謝謝。……先到那邊玩吧！」

夏目說完，兩隻狗便「汪」了一聲，輪流舔了我的臉一下——牠們的舌頭紅紅的、暖暖的、濕濕滑滑的，然後有點腥味——便跑走了。

「華生，待會你得好好謝謝牠們。是牠們幫忙找到你的。」

「我？找到我……？」

我坐起來，以迷迷糊糊的腦袋左右張望。那附近仍是濃霧與黑夜深鎖，篝火火光可及之處，只見食牛肉者或蹲坐，或抱頭，橫七豎八地倒了一地。

「是鴉片。」夏目對兀自大惑不解的我說，「你吃的咖哩裡頭被摻了鴉片。哼！這主意還真高明。鴉片這種東西，聞起來固然不刺鼻，但吃起來絕非無味。若是摻在一般菜肴裡，吃上一口便會發現，絕對不會繼續吃下去。所以才用了咖哩。」

「咖哩裡有鴉片？鴉片！」

我回想自己經歷的奇異狀況。這麼說，那些都是鴉片使我造成的幻覺了……？

「可是，是誰、為了什麼做這種事？」

「為了什麼還不知道，」夏目說道，「但是誰下的手，已經曉得了。」

「不會吧？」

「因為已經逮到犯人了。」

夏目說完，聳聳肩，指指我背後。我一回頭，才知道趕到這裡的不止夏目（以及兩隻狗）。濃霧中，好幾盞提燈的火光移動著。我凝目細看，是制服警察，還有雷斯垂德探長。

他們一大群人，押著一個披著橫條紋怪斗篷般的東西的男子。

「他就是犯人。」

夏目在我耳邊悄聲說。一名警察提著提燈靠近那名男子，於是他模樣浮現在燈光裡。他回頭朝這邊看。

那是一張黑色的臉，黑得令人想起深夜。

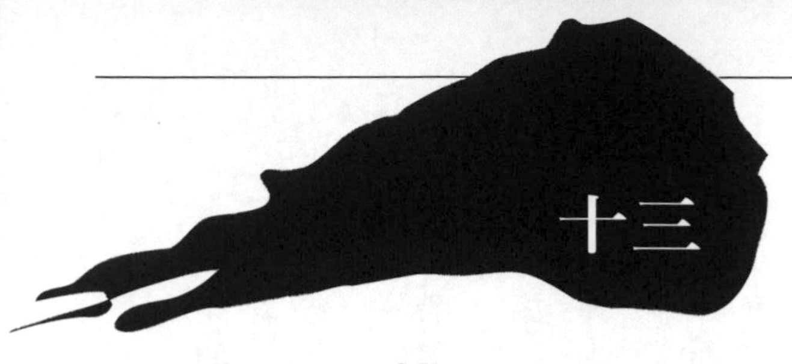

夏目式推理法

不久，黑臉男子被警察們拖也似地帶到篝火中來。那是個短小、通體漆黑的人。有些不相稱的大頭上，又硬又鬈的頭髮亂蓬蓬的，裹在身上粗橫條紋的大外套或是毛毯，兩端露出了又細又長的黑色手腳。同樣黑的臉上，特別醒目的眼白骨碌轉動，發出令人厭惡的光，另一方面，扁塌的鼻子和厚厚的嘴唇，給了男子動物般的神情。

我想起那次「薛豆命案」（作者注：請參照《四個人的簽名》）時遇見的土著。當警察偵訊神秘的黑男子時，夏目站在稍遠之處，向我說明事情的經過。

「今天，我和你在貝克街分手之後，想起一件事，便去了蘇格蘭場。我當然知道你是去了那裡。然而，到了那裡，你前腳才剛走。我心知不妙，而且又起了這陣濃霧。於是我連忙趕到布烈德先生那裡，又借了卡羅和傑克，要牠們追蹤你的氣味。」

「你當然知道我去了蘇格蘭場。」我受不了地說，「因為我出門前告訴過你。還有，卡羅和傑克找到我，這我知道了。但是，最初你為什麼要找我？你想起的『一件事』是什麼事？」

「一件事？」夏目愣愣地重複。

「你剛才不是說了嗎？『我想起一件事，便去了蘇格蘭場。』」

「哦，那個啊。」夏目拍了一下手，說道，「嗯，那個啊……那個不重要。」

說完，夏目又開始裝傻。我發覺他身後停了一輛很眼熟的自行車，心裡便明白了。夏目一定是掌握了騎自行車的訣竅，他會騎自行車了。為了炫耀這件事，他才會到處找我。

「對了，華生。」夏目不知為何，忽然一臉嚴肅地湊到我跟前，壓低聲音問道：

「那個男的和我，哪一個膚色比較白？」

「和他相比，當然是你比較白了。」我忍著笑說。

「那，誰的個子比較高？」

「從這裡看不太出來……」

「你看仔細點。」

「這個嘛，似乎差不多……」我瞄了夏目一眼，「這，看樣子還是你稍微高一點。」

「嗯，可不是嗎。我也是這麼認為。」

夏目忽然心情極佳，歡快地說道：

「不過呢，華生，若你是個正直的人，一定要把這件事寫下來，儘管在我的成功錄上添一樁失敗談吧。真的，若沒有他相助，我差點就讓犯人逃走了。」

「他？誰啊？」

「喔，這麼說，你還沒發現？我們共同的朋友，不就一直在那裡嗎？」

我吃了一驚，朝夏目指的方向看過去。在警察警察當中舉起手來的，正是史丹佛。

「哎，真是倒楣啊！」史丹佛眼中閃著興奮不已的光芒，朝我們走過來，拍拍我的肩說道，「你還好吧？看你臉色還是青的。不過，我倒是不知道你竟然抽鴉片吶。」

「我是不知情誤食的。」我苦笑著說，「倒是你，怎麼會在這裡？」

「這就叫作神奇的偶然了。我照例晚間散步時，在霧中和帶著狗的夏目先生遇個正著。他說他正在找你，我就和他一起找你。然後，正巧經過倫敦塔前時，那傢伙突然攻擊我。我和他打鬥時，請夏目去報警。幸好他是個高明的自行車騎士。」

夏目受到誇獎，一臉高興的樣子。

「那傢伙八成是最近從非洲來的。」史丹佛朝男子揚揚下巴說道，「你看他那身打扮。我想應該是南非吧？嗯，一定是。那斗篷的怪條紋，我曾經在南非看過。」

「唔。」我歪著頭想了想，又想到一事，問道，「對了，你有沒有看見凱薩琳・艾德勒小姐？喏，就是參加了那場降靈會的……」

「沒有，我沒看見。她也在這附近嗎？」

「你沒看到就算了，大概是我看錯了吧。」

我們正談到這裡，雷斯垂德探長露面了。

「我要先把他帶到局裡。」

「這麼做比較保險。」史丹佛表示贊成。

我們目送黑臉男子在兩名制服警察包夾中被拉走，但雷斯垂德好像想起什麼似地，回頭向史丹佛問道：

「你以前便認識那名男子嗎？」

「怎麼可能，我怎會認識他？我還是頭一次見到那張臉呢。」

「那麼，那名男子為何會攻擊你？」

「天曉得，我還想問呢！」史丹佛皺起眉頭，略加思索後說道，「莫非他之前就一直躲在倫敦塔，攻擊路過的人，搶奪錢財？說到這，最近，這裡也鬧過女巫。說什麼『看到騎著大掃把在天空飛的人影。』啦、『巨大可怕的臉飄在半空中。』啦，這些目擊證詞，不正是他以前就在這一帶徘徊的證據嗎？看他身上那件斗篷的花紋，撐開來也有幾分像人臉。而且，斗篷翻騰移動的樣子，遠遠地看，想必也像是騎大掃把。」

「原來如此。這我倒是沒注意到。」

「還有巡邏警察警察發現的鐵鍋。」

「鐵鍋？」

「喏，這件事也上過報啊。『一般人無法接近的塔頂一角，有升過火的形跡，並有一只鐵鍋遺留在現場。四周散亂著青蛙眼珠、蛇尾、毛蟲、山羊毛等物』就是這篇報導啊！若說那是他平常的食物，我也一點都不會吃驚……是不是，華生。你認為呢？你不覺得那些女巫傳聞，全都是那黑臉男子搞的鬼嗎？」

「我……這麼說，似乎也有道理。」

我總不能說出羅伯特勳爵的秘密，所以只好含糊以對。史丹佛又轉身問雷斯垂德探長：

「那麼，那傢伙怎麼說？偵訊完有什麼收穫？」

「問題還很多。」雷斯垂德一臉疲憊地搖搖頭，「首先，他幾乎不懂英語。」

「哎呀呀。」

「其次，史丹佛先生，他對你似乎懷著強烈的恨意。只要稍一鬆手，就想朝你撲過去，所以這應該是無庸置疑的吧。」

「因為我剛才拿手杖狠狠修理了他啊！」史丹佛說道，「說到手杖，我的手杖哪裡去了？」

「再則，」雷斯垂德說道，「他帶著一張英語寫的字條。」

「那張字條上寫了什麼嗎？」我從旁問道。

「什麼都沒有。」探長聳聳肩，「只寫了兩個名字。『凱薩琳·艾德勒收　艾琳·艾德勒寄』。」

「什麼！」史丹佛突然臉色大變，接下來的話猶如喃喃自語，「怎麼會這樣？這麼說，果真是她下手殺害老太婆的了……」

「她下手殺害？你又在說什麼了？」雷斯垂德立刻追問。

史丹佛顯得有些猶豫，過了一會兒，才下定決心般開口：

「其實，前幾天冒牌降靈會的靈媒命案——針對那件命案，我後來也自行試著進行一些調查。因為我畢竟也是當事者之一。『要洗刷自己的嫌疑，最好的辦法就是揪出真兇。』我是這麼想的。我先查出與會者的履歷，於是我發現，幾乎所有的與會者，包括我在內，都和南非有關。我立刻想到：『這起命案發生的原因，肯定是南非』。

我繼續進行調查，其中我認為最可疑的，便是凱薩琳·艾德勒小姐。因為，對，在剛結束的那場戰事中——我也是人在當地才知道的——她的姊姊艾琳·諾頓因為替敵方從事情報工作而被捕，死於偵訊中。當時，住在同一個屋簷下的凱薩琳小姐不可能沒有受到姊姊的影響。於是我有了一個假設：凱薩琳小姐在那場戰爭中，會不會也投效當地荷蘭人陣營，從事情報工作？不，說不定她至今仍為敵方效力？如果我這個假設是對的，那麼在那場降靈會中，她會不會是因為害怕被漏露身分而毒死了靈媒師……」

「你先等等。」我插嘴道，「這些話，都是你的推測吧？不足以作為斷定的證據。要有更確鑿、更明白的證據，否則……」

「我看你也被羅伯特動爵傳染了。『目前對他不利的，只不過是俯拾可見、僅止於表面、微乎其微的狀況證據。』……這是奧賽羅吧？」

「我無意引用。」我聳聳肩說道，「不過，確實如此。或者，你有什麼證據？」

「證據？對了。證據就在這裡！」史丹佛忽然想起什麼似的，掏摸起上衣口袋，取出一個東西托在手心。那東西乍看之下，是隨處可見的石頭。然而，當史丹佛的手朝篝火方向一轉，那一瞬間，我不由得睜大了眼睛。石頭在他手中昏暗的凹陷中，發出了燦爛的紅光。大小相當於一個小馬鈴薯，石頭紅色的光芒宛如電光般射進了所有人眼中。

「呀、呀，這東西是不尋常。」雷斯垂德說道，「這石頭是什麼？」

「恐怕是血鑽石吧。如果是的話，是非常稀有的。」史丹佛說道，「這是打鬥時從那傢伙懷裡掉出來的，我剛才撿起來的。……不過，你可別誤會，探長先生。我只是在找機會，想拿給你看而已。」

「當然了。」

「不過，這鑽石怎麼能當作證據？」我問道。

「你這人也真是夠遲鈍的。」史丹佛驚訝地說，「被捕的黑臉男帶著給凱薩琳小姐的紙條和這顆鑽石。由此可知，鑽石一定是情報工作的報酬啊！她就是被這鑽石閃瞎了眼睛。女人對寶石毫無抵抗力啊！」

我與雷斯垂德探長互看一眼。史丹佛的推理的確說得通。但是，有幾個小地方，還是無法說服我。

忽然間，一個涼涼的東西推了推我的手背。我一驚，反射性地抽開我的手，回頭一看，原來是不知何時回來的兩隻狗，正乖乖地坐著，微偏著頭看著我。這一看，其中一隻（卡羅吧？）嘴裡還銜著一根黑色的棒子。

「喔，那不是我的手杖嗎！」史丹佛大聲說道，「掉在哪兒了呢？幸好你們找到了。來，拿過來給我。」

史丹佛這麼說，伸長了手，但兩隻狗從他身旁經過，躲到夏目背後。夏目彎下腰，從狗兒嘴裡拿起手杖。

「啊，謝謝。」史丹佛朝夏目伸出手。但後者卻不理會那隻手，說道：

「給我慢著！」

夏目嚴峻的聲調，令我們不禁面面相覷，他激動得聲音都發抖了。

「你們剛才一直胡說八道些什麼！『那個女人』是兇手？『那個女人』怕別人知道自己是間諜，因而毒死了靈媒師？『那個女人』是黑人的同伙！什麼不說，竟敢、竟敢、竟敢如此信口雌黃。『那個女人』——凱薩琳小姐怎麼可能是兇手！她怎麼可能是黑人的同伙。沒錯，她怎麼可能和一個比我還黑、比我還矮的男人是同伙。這件事我最清楚。不信的話，我接下來就證明給你們看。」

夏目鐵青著臉，昂然挺立，嘴唇抖得厲害，環視我們的臉，做出這番宣言。

「首先，我要你們想起命案發生時的狀況。是的，那場降靈會是在完全無光的黑暗中進行的。不但如此，自始至終頭頂上都傳來莫名的聲響，而且假山茶花又發出沙沙聲，就算有人稍加活動，多半也不易察覺。但是，你們漏掉了重要的地方。也就是，『與會者在降靈會中一直牽著彼此的手』這個事實。尤其是『那個女人』，我敢保證，從降靈會開始到靈媒師倒下為止，我從來沒有片刻放開坐在我旁邊的『那個女人』的手指。哪怕是有人求我我都不會放的。

這麼一來，你們馬上就會想起唯一的例外——羅伯特勳爵的頭挨了打而鬆開了手，因而懷疑他，是吧？但是，照我看來，那和這次的命案毫無關聯。至於原因，你們想想看，羅伯特勳爵鬆手，是降靈會開剛始的時候，而靈媒師的死因卻是氰化鉀中毒，不是嗎？氰化鉀中毒，我想華生應該知道，幾乎意味著立即死亡。以上這幾點，指出羅伯特勳爵鬆手與這次的命案毫無關聯。」

「那就奇怪了。」我插嘴說道，「每個人都無法下手。可是，實際上卻有一個人遭到殺害。」

「一點也沒錯。該不會到了這時候，你還要說那是自殺吧？」史丹佛皺著眉頭問道。

「自殺的可能性是不存在的。」雷斯垂德探長說道，「我認識被害者，那個貪得無厭、用心計較的蘿拉婆婆，再怎麼樣都不會自殺的，她是被殺的。當然，兇手是怎麼下手的，殺害的方法我也還不知道。」

「我一直以來就有一個信念。」夏目說道，「去掉完全不可能的事，留下的可能性，即使看起來再怎麼不可能，也一定是事實。」

本與史丹佛相視苦笑的我，聽到這句話宛如晴天霹靂，大吃一驚。我想起與夏目認識以來，他每每展現的推理。的確，每次他的推理都錯得離譜。

然而，夏目的推理方式，與吾友夏洛克・福爾摩斯的，究竟有哪裡不同？依照蛛絲馬跡建立大膽的假設，尋線找出被隱瞞的事實，這種做法——坐在五個坐墊上，直到抽光一盎司的菸絲——不正與福爾摩斯的方法一模一樣嗎？夏目的推理方式，或許不夠周延，卻正是福爾摩斯的做法……

一個可怕的念頭突然攫住了我。**假如夏目錯了，那麼該不會連福爾摩斯也錯了**？

這個念頭的衝擊之大，有如天翻地覆。打我認識福爾摩斯以來，雖曾驚異於他悖離常識的行為，卻從來不曾想過他也許是錯的的可能性。這種事情，從來沒有在我腦海中出現過，連一點影子都沒有。

忽然間，腳底下堅固的地面消失，墜落至無底深淵的不安襲擊了我。

我祈禱夏目能做出正確的結論。

只見夏目以自信滿滿的樣子，再一次環視我們，然後以果決的聲音這麼說：

「**兇手就是，我**。」

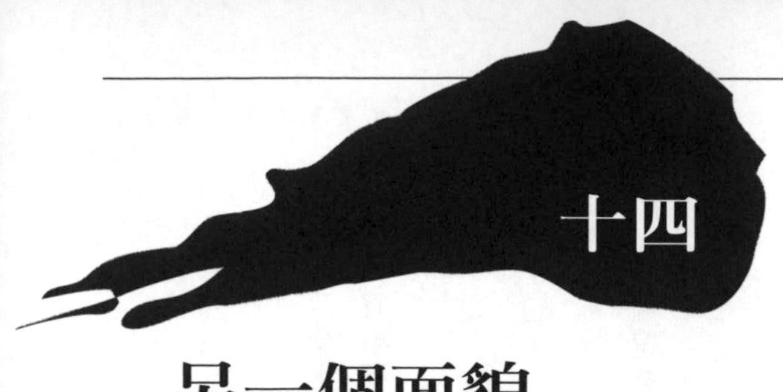

十四

另一個面貌

「唉唉唉。竟然說自己是兇手，您又是怎麼做出這個奇妙的結論的？」雷斯垂德訝然問道。

「邏輯啊，邏輯。」夏目坦然說道，「在那個狀況下，唯一可能行凶的人物，就是這件命案的真兇。而除掉完全不可能的事之後剩下的，無論多麼令人難以置信，都是事實。邏輯不容許有例外。即使那是自以難以接受的事實也一樣。」

「可是，您剛才不是才親口這麼說嗎？『命案發生時，一直牽著手。』」

「是的，當時我的雙手是不能活動的。而這個條件是所有在場的降靈會與會者都符合的。」

「我還是不太懂，」雷斯垂德搔著脖子問道，「你的意思是，在場的所有人都無法對蘿拉婆婆下手，是嗎？」

「是的。」夏目斬釘截鐵地說。

「唉唉唉，這樣的話，事情又回到原點了。或者，您該不會要說，這是個靈異命案吧？或者，東洋具有我們英國人所不知的遙控能力？」

「靈異命案？遙控能力？」夏目傻眼般地說道，「你在胡說些什麼？雷斯垂德，你怎麼會想到這些事情上去，真不像你。」

「多謝誇獎。」探長板著臉閉上嘴。

「華生，你應該還記得才對。」夏目轉頭對我說道，「就是你到我的住處，參加俳句會那時候。你應該看到日本人平常使用的是什麼樣的筆記用具。還有，日本人在室內是怎麼過的。日本人到了室內會脫掉鞋子，赤腳生活。不僅如此，在日本，即使到了戶外，也不穿皮鞋，而是穿木屐或草鞋。這樣下來的結果，你也看到了，日本人的腳趾和你們英國人相比，有多麼發達。」

「你說的的確沒錯。可是……」

我輪流向史丹佛和雷斯垂德投以求救的視線。但他們兩人都只是忍著笑，朝我聳聳肩。

「你還不明白嗎！」夏目不耐地跺腳說道，「你聽清楚了，我剛才說的是『雙手無法活動』但我的腳是自由的。我是用腳來行凶的。」

「你這話該不會是認真的吧？」

「這是我研究過所有可能性之後的結果。」夏目猛揮手，「這乍看之下不可能的犯罪，但透過日本人的手——不，是日本人的腳，才化為可能。兇手以腳趾夾住浸過氰化鉀的日本毛筆，塞進被害者嘴裡……」

「那是不可能的。」我搖頭說道，「當時，你和遇害的靈媒師之間，還坐著凱薩琳小姐。我無意冒犯，但憑你那雙短腿，就算是腳趾夾著毛筆，我也不相信你能搆得到。」

「這正是兇手聰明的地方！」夏目惱火地大叫道，「兇手一知道自己的腳無法直接搆到被害人，立刻心生一計。而這是一個什麼樣的巧計，華生、雷斯垂德，你們都親眼看到了。」

被他指名叫到，我和雷斯垂德互看一眼。

「哈、哈、哈！」夏目突然以又尖又高的聲音短促地笑了。「你們以為在命案發生後，我為什麼要在現場的地板到處爬？我是為了回收行凶的證據，就是沾有氰化鉀的蟲子。」

「你是說，在山茶花下發現的那雙甲蟲？」

「沒錯。我用腳夾著筆，把氰化鉀塗在那雙蟲上，然後讓牠朝著靈媒師的嘴飛過去。果然如我所願，蟲子飛進靈媒師嘴裡。接下來的事，你們都知道了。」

夏目說完，將下巴用力一揚，目光炯炯地瞪視我們。

「可是，為什麼？」無可奈何之下，我只好問他。「你為什麼要這麼做？」

「為什麼？」夏目有些出其不意似地，眨了眨眼。

「是啊。」雷斯垂德說道，「犯罪應該有動機。你的動機是什麼？」

「那個……就是……」夏目的視線在半空中遊移，然後立刻又開口：

「那場降靈會顯然是詐欺大會。我馬上就看出這一點。我無法原諒透過這種廉價的降靈會，欺騙『那個女人』的靈媒師。」

夏目說完，彷彿要擋住一切反駁似地，雙手在面前用力舞動，「來吧，逮捕我吧。我就是兇手，別再懷疑『那個女人』了。就算你們再怎麼不相信，但這就是事實。」

夏目把他手上的手杖交給我，一臉嚴肅，將雙手朝雷斯垂德伸出來。探長坐立難安地搖動身體，左右張望，最後求助般看著我。

這回換我轉開視線了。我一摸額頭，發現自己在冒冷汗。我想拿手帕，便將空著的那隻手伸進上衣口袋裡，指尖卻碰到一個奇怪的東西。抽出來一看，是對折再對折的小紙條，我卻對此毫無印象。我若無其事地打開紙條，看了上面寫的字。

「你為什麼要這麼做？」我說道。

「我說過了，我不希望『那個女人』……」

「不是你。」我打斷夏目的回答，再問一次，「你為什麼要這麼做？**史丹佛？**」

「我？我做了什麼？」史丹佛一臉愕然地問。

「你……」我想起和他多年來的友誼，瞬間為之語塞，但我回神繼續說道，「殺害靈媒師的，既不是凱薩琳小姐，當然也不是夏目。真兇是，史丹佛，就是你。」

「喂喂，華生，你究然是怎麼了？該不會是吃了鴉片，腦子不正常了吧？」

「看樣子你是打算裝蒜到底。那就沒辦法了。這根手杖，就交給探長吧。」

我才說完，本來一直面露笑容的史丹佛臉色立刻僵了。他突然伸手要搶我手上的手杖。我往後退，將手杖高舉在面前。

「看樣子，有必要請你解釋一下了。」

雷斯垂德探長這麼說，一面以穩重但堅定的態度，擋在我們兩人之間。史丹佛的臉漲得通紅又僵硬，以凶狠的表情瞪著我。我忽然發現，我腳下的兩隻狗——卡羅和傑克正靠在我身旁。他們搖著尾巴，濕潤的鼻尖頻頻抽動，正在嗅手杖。我一面小心盯著史丹佛，一面將手杖的金屬釦環亂轉一通。只聽卡嚓一聲，手杖的把手部分鬆脫了。

手杖的杖身部分，正如我所料，是中空的。我從口袋抽出自己的手帕，包住手指，小心翼翼地抽出手杖的內容物。

從裡面出現的，是長約一英呎的橡膠棒。這根橡膠棒粗細與手指相當，兩端彎曲成奇特的形狀。

「原來是這麼一回事啊。」雷斯垂德點頭說道。

「這是……怎麼說？」

史丹佛露出困惑的表情，攤開雙手說道：

「你們究竟在做什麼？兩人自顧自地說你們的。讓我丈二金剛摸不著頭。」

「那麼，我來說明吧。」雷斯垂德說道，「在那場降靈會中，你等燈都熄了之後，便偷偷取出這橡膠棒，伺機——恐怕是趁羅伯特勳爵頭被打而鬆手的時候——拿這橡膠棒來代替你自己的手。換句話說，你兩側的人以為手指與你相勾，但其實勾住的是橡膠棒。這麼一來，你就能夠完全自由行動了。想必打從一開始，你就對那降靈會的冒牌勾當一清二楚。你利用會場一片漆黑，摸索著找出靈媒師所用的通話管，將氰化鉀灌進那管子裡。」

「太離譜了！我為什麼要做這種事！」

「是啊，為什麼？這就要請教你了。稍候我們在局裡，再向身為殺人兇手的你好好請教。」

「竟然說我是殺人兇手！」史丹佛不屑地哼了一聲，「既然你敢這麼說，必定是有證據了。」

「證據，就是那根手杖，以及裡面的橡膠棒。上面應該能找到指紋。」

「指紋？」

「喔，你不知道？也難怪。這件事還不是廣為人知。」雷斯垂德聳聳肩。

「最近的研究指出，人類指尖的紋路，也就是指紋，是終生不變、獨一無二的。根據某篇論文，『不同人物擁有同一指紋的機率不到六百四十億分之一』。既然如此，豈有不運用在犯罪偵查的道理。我們蘇格蘭場犯罪課，去年也成立了指紋小組。而幾天前，九月十三日才剛舉行的『哈里・傑克森案』審判，在英國刑事判決史上頭一次將指紋視為正式的證據。」

史丹佛霎時顯得不知所措，眼珠子骨碌亂轉。

「你們當然會在上面找到我的指紋什麼的了。因為那是我的手杖啊。裡面的橡膠玩具當然也會有我的指紋……」

「誰說是你的指紋了？」

「什麼？什麼意思？」

「我要找的，是應該附著在橡膠棒兩端的指紋。換句話說，就是羅伯特動爵和華生醫生的指紋。降靈會中坐在你兩側的人，他們的指紋只有在你動手殺人時，才有機會出現在橡膠棒兩端。若是找到兩位的指紋，那就證據，證明你就是在那片黑暗中能夠自由行動的人物──唯一一個能夠將氰化鉀灌入傳聲管的人物。」

史丹佛臉色鐵青，張開嘴，閉上，又張開，想說話。

那一瞬間，一塊白色的東西無聲地從霧中飛來。我們還來不及驚叫，便筆直襲向史丹佛的臉。

事出突然，史丹佛舉手護臉，不斷慘叫。

我們回過神來，連忙奔至史丹佛身旁。但那白色奇形怪狀的東西早我們一步離開了史丹佛，在展翅聲中高高飛至空中。

我抬頭看天，看出那奇形怪狀的東西是什麼。那是一隻我從未見過的巨大的、而且羽毛如雪一般美麗的白貓頭鷹。

下一秒鐘，我看到貓頭鷹的手（腳？）牢牢抓著那顆血鑽石。

「可惡！是那傢伙的貓頭鷹！」

史丹佛兩隻拳頭在頭上揮舞，指著貓頭鷹大喊。他的兩頰有三條被貓頭鷹爪子抓傷的傷痕，正流出紅色的血。

「探長，你還在做什麼！那是那傢伙的——那個黑臉男的貓頭鷹！快、快抓住牠！」

雷斯垂德不受史丹佛擾亂，抓住他的手，說道：

「唉，看樣子，無論如何是非得請你到局裡來一趟，好好解釋了。」

「你說什麼？現在還說什麼……」

「聽好了，史丹佛先生。」雷斯垂德不理他的話地說道，「你剛才說過，你是頭一次見到那名男子。你是這麼說的：『那張臉我是頭一次見。』既然如此，你怎麼知道那隻貓頭鷹是他的？」

史丹佛突然愣住，左右環顧，發覺四周已被制服警察警察包圍，無力地垂下了頭。

「打從命案發生之初，我就懷疑你了。」

雷斯垂德探長將史丹佛雙手銬上手銬，輕拍他的肩，然後教誨般說道。

探長叫來制服警察，下令將史丹佛帶回警局。

「這一位差一點就獲封爵位了。好好請他走吧。」

雷斯垂德交代完，又叫來另一個年輕警察：

「剛才逮捕的……喔，傷腦筋了。喏，就是那個黑臉、姓名不詳的男子，放了他。事情變成這樣，就沒有逮捕他的理由了。」

年輕警察臉色略微有異，聽令後立刻在霧中趕去執行命令。但很快便又跑回來。

「怎麼？忘了命令了？」雷斯垂德不耐地問。

「不是的。」年輕警察不知為何，臉色更加不對勁地說道，「但是，那名黑臉男子已經不在了。」

「哦，已經釋放了嗎？」

「也不是釋放……是被人硬逼的……」

「怎麼回事？」

「就是……」年輕警察低頭抬眼，囁嚅地說，「其實……一個年輕紳士從霧中出現……仔細看的話，其實是個作男裝打扮的年輕女子……這女子突然拿槍指住警察……硬逼同仁放了……黑臉男子。」

「你說什麼！」

我當下和身旁的夏目對望一眼。我——夏目想必也一樣——想起的是，聲稱「騎自行車時有時會作男裝打扮」與「隨身攜帶這個」，並將藏在手提包裡的護身手槍取出來的凱薩琳小姐。

「那，他們兩人呢？」

我探出身子問道。年輕警察報告了同仁捅的簍子，豁出去了似地大聲說道：

「兩人就像情侶般手牽著手，消失不見了！」

夏目**啊**地大叫一聲，當場倒下，昏過去了。

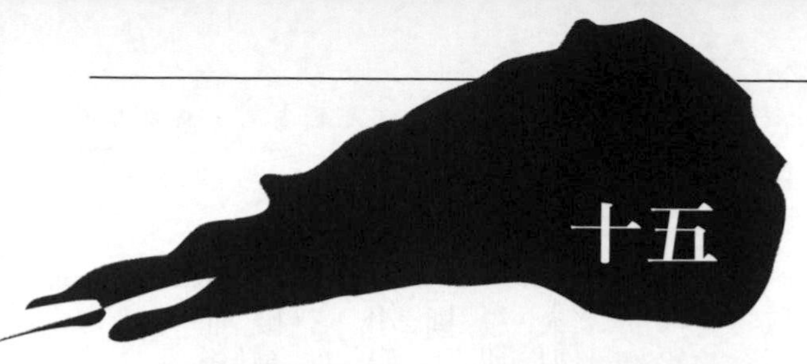

十五

夏洛克・福爾摩斯

福爾摩斯和我在貝克街的那個房間裡，照例坐在扶手椅上，抽著菸斗，隔著暖爐相對而坐。為了調查蘇格蘭鄉紳迪克森委託的來自死者的恐嚇信之謎，福爾摩斯遠赴當地順利破案，回到倫敦時已是史丹佛涉嫌殺害冒牌靈媒師而遭到逮捕的兩天後。

我把尚未告訴福爾摩斯的案情細節講給他聽。諸如，那晚從年輕警察口中聽到凱薩琳小姐與黑臉男子攜手逃脫而昏倒的夏目，在我叫馬車帶他回住處的那段期間，一直囈語不斷，下了馬車又發了高燒。在他的住處，里爾姊妹輪流照顧失去意識的夏目，替他更衣、餵他喝水、給他搧風，一陣手忙腳亂。夏目在高燒一整晚之後，到了早上，好像換了一個人似的，神色茫然地向我道謝。

「謝謝醫生。但我已經沒事了。您請回吧。」

我正為他極其見外的語氣感到困惑，卻聽夏目嘆了一口氣，說道：

「兩位里爾女士就是那樣，兩位都太誇張了。用不著請醫生來的，我只不過是一點小風寒而已。」

我急忙查看夏目的眼睛。確認那裡頭閃現的是平靜、理性的光芒，這才打道回府。

「夏目先生是可憐了些。」福爾摩斯取下口中的菸斗說道，「恐怕他的精神無法承受這次的打擊，所以才決定把一切都忘掉。」

「從醫學的角度來說，人類是不會喪失記憶的。只是無法取出而已。」

「既然無法取出，就和喪失沒有兩樣。」

福爾摩斯說完，便又銜起菸斗，好一會兒，恐怕是無意識地，以指尖轉動釦在懷錶上的一英鎊金幣。那枚金幣正是在機緣巧合之下，由已故的艾琳・艾德勒親手交給福爾摩斯，是一件很有淵緣的紀念品。我認為不能妨礙福爾摩斯的追憶——我已告知他艾琳已在南非亡故——便保持沉默。

福爾摩斯忽然發覺我的視線，笑了笑說道：

「看樣子，凱薩琳小姐在來自日本的夏目眼中，是『理想的女性』。遺憾的是我未能拜見尊容，她有那麼美嗎？」

「當然了，她可是艾琳・艾德勒的妹妹。」

「哼。」福爾摩斯哼了一聲，又露出他獨特的、沉思的、遠望的眼神，說道：

「那麼，華生，我來把你前前後後說過的整理一下。若是錯了，就告訴我。首先，來到倫敦的夏目，某日發現了理想的女性。那就是凱薩琳小姐。但是，夏目認為他對她的愛慕是不會有結果的。因為他自己不是白人，因為習慣各異，因為他臉上有麻子，因為他太矮，他認為她不會選擇他。而那一陣子，夏目正好又承受了種種心理壓力。在異鄉倫敦感覺到的疏離，日本的未來、東洋與西洋、英國文學與日本的文學、理想與現實，又加上好友子規在日本病重。

這時候，他接受了克雷格博士的建議，涉獵通俗小說，結果想出了一則能暫時解決一切的妙計。那就是，潛逃至虛構之中。他選擇《福爾摩斯探案》想必是偶然吧……不，也許他優異的選書眼光，認為你所發表的故事正是足以代表今日倫敦的小說。」

「沒這回事。」福爾摩斯意外的讚美，令我紅了臉，「先別說這些，快把接下來的事情告訴我吧。」

「也沒什麼，這次案件經過，我全都是從你的信中得知的啊。」

「這倒也是。」我苦笑著說，「對了，說到信，這封信該怎麼辦才好？」

我拿起攤開在桌上的一封信。那是凱薩琳小姐今日寄到貝克街來的。我將上面寫的文字唸出來：

夏洛克（夏目）・福爾摩斯先生：

由於不知你的住處住址，我將信寄到此處。

我臨時決定離開倫敦，無法向你告別，心中深感遺憾。夏目先生，你事後聽說我所做的事，想必會大吃一驚吧。畢竟，持槍要脅警官釋放拘留犯，不是淑女該做的事。可是，當時除了那麼做，我實在別無他法。

他是南非一個勇敢的部族，祖魯族的年輕人。儘管他連一句英語也不懂，卻仍受家姊艾琳之託，找出了出賣家姊夫的人——詳情恕我無法告知——並歷經重重危險，拚了命渡海來到英國，將真相告訴我。

出賣家姊夫的人是——當你收到這封信時，應該早就知道了。

此刻，那位祖魯族的年輕人就在我身邊。我要與他共同繼承家姊夫的遺志，為非洲以及非洲人民的未來，奉獻一生。

夏目先生，你在倫敦對我的親切，我絕不會忘記。也許不久的將來，非洲與東洋會超越膚色，團結起來，推翻今日白人至上的社會。我期待屆時與你重逢的日子。

我會在遙遠的南非，祝福你在倫敦愉快地度過剩下的留學時光。

又及：昨晚，我夢見你和一位佳人騎著自行車。

凱薩琳・艾德勒　敬上

「真是有其姊必有其妹！」福爾摩斯痛快地嚷道，「好一封誠心誠意，又殘酷無比的信。不，這封信不能讓夏目看到，否則就太狠心了。她竟然還說『夢見你和一位佳人騎著自行車』呢。」

「夏目說他再也不想騎自行車了。」我把信折好，放回桌上說，「我送他回住處的時候，他在馬車裡囈語，反反覆覆說了好幾次。」

「也難怪他。他『理想的女性』顛覆了他的想法，選擇了一個比他更黑、更矮的人。夏目聽到她和黑臉男子消失的那一剎那，便明白了。有時候，直覺比推理更能告訴我們正確的事實。這就是一個絕佳的例子。」福爾摩斯輕輕搖頭，「但願這次的事，別讓夏目先生討厭倫敦、甚至整個英國才好。」

「至少，能做的你都做了。」我豎起食指說道，「這時候，夏目應該已經離開倫敦這個憂鬱的城市，正充分享受蘇格蘭的優美景色才是。」

「但願如此。」

福爾摩斯銜著菸斗，思慮重重地皺起眉頭。

我倒是對於福爾摩斯在這次的事情中發揮難得的人情味，感到萬分好奇。因為，福爾摩斯把事情告訴了迪克森先生（福爾摩斯才剛幫他破解了案件），請迪克森先生邀請夏目在他離開之後，到迪克森府裡作客。而且，還很體貼地請主人千萬不要提到福爾摩斯這個名字。據里爾姊妹說，受到邀請的夏目一開始十分驚訝，但聽到「包括來回旅費在內，一切費用均由迪克森先生支付」，以及「這是對日本深感興趣的英國人的一番好意」，便歡歡喜喜地出門了。

「不過，福爾摩斯，你自己遠在蘇格蘭，卻只靠我的信就看清了命案的真相。」我為福爾摩斯一如往常的身手大感佩服，「我和雷斯垂德一直在倫敦，卻丈二金剛摸不著頭，真叫人喪氣。那時候也是，要是沒發現你的傳話，會有什麼結果，光想我就害怕。」

我從口袋裡取出折成小小四折的紙條，壓平皺折在桌上攤開。那天晚上，我要拿手帕，卻在上衣口袋裡發現這張紙條，上面以熟悉的福爾摩斯的筆跡寫道：

兇手是如何自由活動的？

找出手杖中兩端彎曲的橡膠棒。小心指紋。

「我雖遲鈍，但看了這張紙條，總算明白命案的真相了。因為前些日子，你正好才向我講解過指紋。」

「雷斯垂德談起這個似乎相當自豪，但在印度、日本和中國等地，早在幾百年前就已經拿指印當作簽名了。這方面的研究，我國落後許多。」

「對了，有一件事我還不懂。」我想到一件事，便問福爾摩斯，「這張紙條是什麼時候、如何送進我的口袋的？」

「我派出了貝克街特警隊。」福爾摩斯神經質地舉起手在面前揮，「因為那邊的案子需要資料，我便叫少年魏金斯幫我送到蘇格蘭。他回來時，我順便要他送這張紙條。這比發電報安全，而且更加確實。」

「我完全沒注意到。」

「魏金斯向我報告，說：『醫生簡直就像喝醉了似的，走路踉踉蹌蹌的。』」

聽他這麼一說，我想起在跟蹤紫衣女郎時，在路上差點和一個街頭頑童少年撞個滿懷。

「說我喝醉真是太過分了。」我苦笑道，「對了，福爾摩斯，你是如何知道這次命案的真相的？有什麼我還不知道的秘密嗎？」

「哪來的秘密。重要的線索全是來自於你的信啊。你全都寫在信上了。」

「怎麼可能。我若寫了，我不會不知道。」

「那麼我問你。你在信上寫了，夏目在降靈會後，趴在地上，發現小蟲時說『山茶花蓋住了小蟲。』不是嗎？多虧如此，我才知道應該懷疑誰，也才會知道兇手的手法。你總不會是在全然不知的情況下，把這些寫在信裡的吧。」

「山茶花？蟲子？」我嘴裡的菸斗差點掉下來，「你又開起玩笑來了。我根本什麼都不知道。」

「誰開玩笑了。唉，我還以為你是知道那個——就是我最近在報上發表的那篇文章，才依據那個寫給我的。」

「這麼說，你是指《空氣中落下的剛體之運動》，這篇文章吧。」

「沒錯。我在這篇論文裡，討論了幾種特殊形狀的物體落下的特徵。其中也包括了紙製的圓錐狀物體的墜落特性。而假山茶花正是紙製的圓錐狀物體，而且——夏目說非常貼切地說過『在日本因為像砍頭，所以有人不喜歡』——是以一個物體，也就是以『剛體』掉落的。

詳細的實驗結果，我在論文中也寫了，紙製的圓錐狀剛體以四十公分的高度為準，若高於這個高度，落下時有一個特性，必定是以尖的那一方——在山茶花就是蒂的那一邊——朝下。你在信裡寫了『山茶花罩住蟲子』，而且還很周到，連『花落掩蟲是山茶』的俳句都寫了。要是這樣我還看不出真相，那我腦筋才真是有問題。我還以為你從山茶花與甲蟲的關係，看出『降靈會中，插著茶花的某個花瓶，曾被某人從椅子旁的茶几上移到地上』，才會告訴我這件事的。

為求周全，我拍了電報問：『夏目在地上發現山茶花時，你的臉是朝左右哪一邊。』而你在信上回答，『朝右手的方向。』於是我便能夠確信，將花瓶移到地上的，是坐在你右手邊的人物，也就是史丹佛。

話雖如此，在這個時候，我還無法明確掌握他為何這麼做、這麼做又有什麼意義。於是我拍電報給雷斯垂德，要他告訴我被害者服毒時的詳細狀況。

結果，毒藥並不是一開始以為的，塗在傳聲管的銜口上，而是從管子的另一端灌進去的。這麼一來，降靈會進行之際，黑暗中發生了什麼事，我便瞭如指掌了。也就是說，兇手之所以將花瓶從茶几上移到地上，是為自己爬上茶几，找出藏在假花裡的傳聲管的另一端。

接下來應該解決的課題，就是解開降靈會與會者雙手均與他人互握中，唯獨兇手能夠自由活動的機關。然而，重讀一次你的信，我便知道兇手有一次機會，可以完全鬆手。這麼一來，兇手用的一定是自古便常用的手法——讓兩側的人握住與手指相似的橡膠棒。老實說，對這一點我有些失望。我原本期待的是更複雜的機關。

然而，事實就是事實。剩下的問題是，兇手如何將用來犯案的橡膠棒帶走。因為在你的信中，警方將整個飯店都查遍了，降靈會的與會者——除了中途消聲匿跡的艾蜜莉小姐以外——所有人都搜了身。但是，關於這一點，我的期待也不高。因為，警方對於眼睛看得見的部分也許查得很仔細，但可悲的是，他們不懂得怎麼找東西。要是有才能的人——好比我，存心要瞞過他們，就連大象般大的東西，我也可以當著幾十名警官的面，堂而皇之地運出去，也不讓他們察覺。但我可不像他們。果不其然，用不了抽一根菸的時間。你的第一封信裡，寫著一項事實：史丹佛的手杖是他在倫敦的舊貨店中購買的中國貨。我知道德國的盲技師韓德爾曾依莫里亞提教授的訂製打造了可怕的氣槍，但中國人的工藝技術絕不遜於德國人。他們經常在意想不到的地方做出意想不到的玩意兒，並以此為樂。我非常確定，這次的命案用的便是一把做了中空加工的手杖。而同時，這根手杖對兇手而言，將會是致命的證據。

於是我又發電報給雷斯垂德，要他暗中監視史丹佛。我交代，萬一他想丟棄手杖，就要立刻回收。只不過在你從手杖中取出橡膠棒之前，雷斯垂德似乎不明白我的指示有何用意。」

「等一下。」我連忙打斷他，「聽你這麼說，我明白兇手是怎麼行凶的了。可是，史丹佛為什麼非要殺那個冒牌靈媒師不可？他有什麼動機？他可是馬上就要受封爵位的人了，這樣的人物為什麼非鋌而走險不可？」

「你現在說的，就是他的動機──也就是他原本即將受封爵位一事。」福爾摩斯這麼說，微微皺起眉頭：

「華生，你知道史丹佛獲頒勳章的原因嗎？」

「那是肯定他在上一場戰爭中的傑出表現吧。他以隨軍記者的身分前往南非，一度被敵人俘虜，但趁隙逃脫。不僅如此，他將這件事的前後經過寫在報上，鼓舞了我方的士氣。姑且不論這次他犯下的滔天大罪，以他在戰場上的表現，他的確是有資格獲得一枚勳章的。」

「然而事實並非如此。的確，他在戰爭中，是以隨軍記者身分前往南非，被敵人俘虜，逃脫，將此事寫成報導。」

「哪裡不對？」

「事實不止如此。我剛才去了蘇格蘭場，從雷斯垂德那裡聽說了偵訊的情形。史丹佛似乎死了心，全部都招了。把他在南非被俘時做的事全都說了出來。他為了保全自己，出賣了英國同胞高佛瑞・諾頓。

諾頓先生雖然是英國人，但當時在波耳人之間仍相當受到尊敬。他同情被俘的史丹佛，對他照顧有加。而且諾頓先生一知道史丹佛是新聞記者，便將他為非洲人民所進行的種種活動都告訴了史丹佛。同一時間，諾頓先生也將史丹佛介紹給祖魯族的年輕人。多半是希望他將他們的生活寫在英國的報紙上，藉此贏得英國國內有識之士的協助。然而，史丹佛反而利用這些情報，向敵方——也就是波耳人告密，誣陷諾頓先生為英國進行情報工作。

結果，在諾頓先生被當作間諜逮捕的同時，史丹佛反而悄悄獲得釋放。而且這時候，他竟然還有臉透過諾頓先生，請祖魯族的年輕人帶路。

有祖魯族年輕人帶路，他平安逃到英方的領地，得以回國。然而，他卻在這時候從祖魯族年輕人身上偷走了他們部族的至寶，一顆巨大的血鑽石。」

「真令人難以置信。史丹佛為什麼要這麼做？」

「他對雷斯垂德這麼說：『我全靠那個人照顧。吃的東西、睡的地方全都靠他，要是沒有他，恐怕我連一天都活不下去。在那裡，我完全無能為力。這讓我難以忍受。自己的生死，竟然操縱在這樣一個黑臉男的手裡，我無論如何都無法忍受。於是我忽然起了一個念頭，只要搶走他們部族的至寶，這傢伙一定會追我追到倫敦來。在倫敦，我就贏得了他。』

然而一回到倫敦，史丹佛卻受到英雄式的待遇，這是他自己也始料未及的。甚至談到了授封爵位。每談一次，就反而將史丹佛往絕路上逼進一步。爬得越高，就越擔心自己在南非的無恥行為何時會被揭穿，而如坐針氈。

不久，他得知自己出賣的高佛瑞・諾頓的小姨子，凱薩琳・艾德勒已來到英國。史丹佛深恐她知道自己的秘密，並且加以揭穿。於是他悄悄跟蹤凱薩琳小姐，監視她的行動。

只不過這件事，用不著史丹佛自行招認，看了你寄來的報告，我就立刻發現了。因為，華生，你寫了『夏目總覺得有人在看他』，他本人的日記上不是也寫了『只有偵探才會尾隨別人而行。就連狗有時也會先行告退，在轉角出恭，不是嗎？』。你認為這些是夏目的妄想導致的、無意義的夢話，但妄想卻有妄想的原因。

換句話說，夏目為了要看『夢想的女性』一眼，走遍了整個倫敦，而同時因史丹佛監視著凱薩琳小姐，以至於夏目覺得總是有人在看著自己。對史丹佛而言，夏目很礙事，所以他雇人威脅了夏目好幾次。這件事記載在夏目的日記裡，其中一次遭到攻擊時，你正好也和夏目在一起。即使如此，他依然沒有放棄追隨凱薩琳小姐的身影，也算是了不起吧。

總之，在這樣的情況下，那場降靈會舉行了。收到邀請函時，史丹佛肯定焦急萬分。基於職業，他早就知道蘿拉婆婆舉辦的降靈會其實是什麼玩意兒。『蘿拉婆婆會不會知道我的秘密，想勒索我？』史丹佛疑心生暗鬼，也難怪他會這麼想。他為以防萬一，先查出了降靈會的把戲，一方面也弄到了氰化鉀。

然而，我認為蘿拉婆婆想勒索的，其實是羅伯特勳爵。你信裡告訴我，在降靈會聽到的女子的說的話，恐怕是摘錄自羅伯特勳爵所寫的《悲劇公主珍・葛雷的臨終》吧。羅伯特勳爵無論如何都不希望自己扮女裝飾演女主角的事被妻子奧斯朋女士知道。蘿拉婆婆打算事後再以此為把柄，向羅伯特勳爵敲竹槓。

然而，這時候發生了勒索的一方意想不到的狀況。也就是羅伯特勳爵選來作為珍・葛雷臨終的話的那句台詞——『變節的，是你』這句話，聽在心裡有鬼的史丹佛耳裡，等於是彈劾自己的罪行。史丹佛當即將計畫付諸實行。他為了封住冒牌靈媒師的嘴，將氰化鉀從傳聲管的一端灌進去。說起來，這次行兇，是他誤判情況才動手的。」

聽了福爾摩斯的話，我只能搖頭。

「我和史丹佛認識這麼久，我知道他不是個穩重的人，但卻也沒想到他竟然如此卑鄙。」

「千萬別搞錯，華生。」福爾摩斯拿下嘴裡的菸斗說道，「他並不是什麼特例。我們任何人，都可能是他。『De te fabula』。夏目他們在俳句會開始之前，照例會唸這個句子不是嗎。『換個名字，說的就是你』。這句拉丁語格言，往後我們也該時時吟誦，銘記在心才是。只是命運一個小小的惡作劇，就讓我們與史丹佛走上了不同的路。這是屬於神秘領域的問題，無關乎人們的才智。其他還有沒有什麼重要的事，我卻遺漏的？」

我想了想，問道：

「那個黑臉男為何不馬上與凱薩琳小姐聯絡，偏偏要躲在倫敦塔？」

「因為他一句英語也不懂啊。」福爾摩斯說道，「他來到倫敦，想找凱薩琳小姐，卻苦無辦法聯絡上她。那名男子雖來到了倫敦，但恐怕沒想到倫敦是個人口如此稠密的地方吧？另一方面——凱薩琳小姐的信上雖然沒有明言——他多半是違法偷渡來的。若是被執法當局發現，便會被遣返，不由分說。因此他白天藏身，趁晚上到處徒步尋找凱薩琳小姐。找得到很好，就算找不到，聽到他的傳聞，她也會主動來找他的。那段期間之所以選擇倫敦塔作為藏身之地，應該是為了貓頭鷹吧。」

「貓頭鷹？」

「把血鑽石精準地從史丹佛身上搶走的那頭白貓頭鷹啊。因為貓頭鷹這種動物，只吃自己抓到的活獵物。也許對生長於非洲的那位黑臉男而言，倫敦塔看來像座有著許多洞穴的岩山也說不定。在那裡落腳，不但自己可以藏身，對他養的貓頭鷹而言，也是一個絕佳的獵場。我想這是他選擇倫敦塔的理由。

話說回來，這次的案件相關者，全都像受到吸引般聚集在倫敦塔，真是不可思議。若是事情早半個世紀發生，光是這一點就會被視為神秘了吧。儘管今日我們稱之為偶然。」

福爾摩斯說完，拿起攤開在膝上的紙張，揮著說：

「吶，華生，我剛才看了夏目的日記，夏目十分推薦默劇。《睡美人》？這麼說，他指的是芭蕾了。我忽然好想看看這齣芭蕾劇。」

「我就知道你會這麼說。」我眨了一下眼，從口袋裡取出兩張票，「正好今晚聖詹姆士廳再度上演。現在去，還趕得上開幕。」

福爾摩斯似乎有些驚訝。我清了清喉嚨，模仿他平常的音色說道：

「戴上帽子吧，福爾摩斯。看完了再到馬西尼餐廳去吃宵夜。」

解說

「夏目」・福爾摩斯之《冒險史》

（本文涉及謎底，未讀勿看）

呂仁

毫無疑問，福爾摩斯廣受全球讀者愛戴。讀者的愛戴使得原作者柯南・道爾不得不讓福爾摩斯死而復生；讀者的愛戴也讓福爾摩斯在正典的六十個案件之外，又多了數以千計的仿作故事。就是因為原作實在太少了，總有看完的一天，所以不管是仿作、戲作、贋作，只要提到福爾摩斯就好，福迷就可以多一點機會去親近這位神探，看看作家們如何表達心中的福爾摩斯形象。

無數作家寫福爾摩斯仿作，近年台灣書市也陸續推出了島田莊司《被詛咒的木乃伊》、雅德里安・柯南・道爾與約翰・狄克森・卡爾合寫的《福爾摩斯的功績》、由愛德華・霍克等十一位作家合著《貝格街謀殺案》的推理短篇集、尼可拉斯・梅爾的《百分之七的溶液》、安東尼・赫洛維茲所著的《絲之屋》與史恩・皮考克的「少年福爾摩斯」系列，目前推出了《烏鴉之眼》、《空中之死》、《雙面少女》與《神祕怪客》等四部仿作作品。

全球化的福爾摩斯與全球在地化的仿作

一般說來，仿作作家寫福爾摩斯探案，第一步就是說服讀者「這是貨真價實的福爾摩斯探案，只是因為案件過於恐怖會引起社會不安／牽涉情節過於敏感，會導致歐洲政局動盪／陳年手稿亡佚多時在閣樓找到」所以當年無法發表，直至今日才重見天日。也因此，作家們費盡心思重現福爾摩斯的種種行為、習慣、語氣、裝扮，以求讀者覺得福爾摩斯的冒險仍在持續。

福爾摩斯可說是全球共通語言，福爾摩斯仿作要寫得真有其事，最好是把案件放在英國本土，至多來個印度風、希臘語就差不多了，多寫其他異國情境只怕失了福爾摩斯探案的英倫風味，由此可知，福爾摩斯仿作多半是寫發生在英國的案子，而且是愈像愈好，君不見雅德里安・柯南・道爾與約翰・狄克森・卡爾合著的《福爾摩斯的功績》中，極盡所能地模仿原著的風格，使作品在語言結構與神韻上充滿了原著的精神，讓讀者可重溫維多利亞時代的福爾摩斯探案。

然而福爾摩斯仿作者遍及全球，來自世界各地的作家們會乖乖讓福爾摩斯守在貝克街嗎？我想答案是否定的。若說福爾摩斯是「全球化」（globalization）的一種現象，那麼把福爾摩斯搬到各地去破解謎案就是就是一種「全球在地化」（glocalization）的體現。

在地化/日本化的福爾摩斯仿作

當然，我相信日本讀者對於福爾摩斯有非常高的接受度，想想他們有全世界最大的福爾摩斯社團就可以知道了，日本作家若單純寫福爾摩斯仿作，我想日本讀者也會欣然接受。

以全球在地化的角度看來，作者可以安排福爾摩斯到世界各國辦案，以求得在地讀者的親切感，但這樣一來，會不會福爾摩斯探案該有的英倫味就跑掉了？這倒好解決，福爾摩斯若不出國，那派日本人去找他總成了吧！山田風太郎〈黃皮膚的房客〉（一九五三）、島田莊司《被詛咒的木乃伊》（一九八四）與柳廣司三位作家，不約而同地採取了相同的作法，派遣同期在倫敦留學的夏目漱石前往貝克街，讓原本應該英倫風味瀰漫的福爾摩斯仿作，充滿了濃厚的東洋風情。

歷史上的夏目漱石在一九〇〇年負笈英國，開始了在倫敦的留學生活，他於一九〇二年返日，這段期間剛好是福爾摩斯活躍於倫敦的時間，也讓後世作家多了想像的空間。

其中柳廣司的《我是夏洛克・福爾摩斯》仿作十分特別，有別於其他作家讓筆下福爾摩斯極力模仿正典中福爾摩斯的寫法。柳廣司的作品儘管仍是華生醫師為記述者，但開場的第一章就出現了自稱是福爾摩斯的日本小矮子——夏目漱石，華生正想打發他走，沒想到此時收到福爾摩斯本尊的電報指示，要把夏目當成福爾摩斯對待，而身為夏洛克・福爾摩斯的忠實朋友，華生只好聽老友之言，不情不願擔任起夏目・福爾摩斯的助手了。所以讀者在書中讀到的，不是柳廣司的福爾摩斯如何像柯南・道爾的福爾摩斯，而是柳廣司筆下自稱是福爾摩斯的夏目漱石如何百般作態要像福爾摩斯，透過華生醫師之眼，那些極力模仿的姿態實在使人發噱。

不同於島田作品的戲作成分居多，柳廣司的這部作品可說是嚴肅的福爾摩斯仿作，儘管讀來趣味橫生，但笑料多半出在夏目漱石的裝模作樣模仿福爾摩斯這件事上，真正的夏洛克・福爾摩斯在蘇格蘭辦案，在本作中退居二線，他光靠華生寄去的信件就判斷出真兇，不折不扣是安樂椅神探的角色，也是眾多福爾摩斯仿作中少有的寫法。

在柳廣司的筆下，日後成為日本文豪的夏目漱石，初到倫敦由於受到英日文化差異衝擊、故鄉的好友重病、愛慕心儀女子而不可得的種種打擊，在指導教授的建議之下，一頭栽進福爾摩斯探案之中，於是妄想自己是福爾摩斯。那他要如何對自己的日本人外貌自圓其說？於是他只好自稱接受某件祕密委託，必須暫時裝扮成日本人，而為了要成功偽裝，所以他自然必須對於日本文化所知甚詳，也就從這些字裡行間，帶出了福爾摩斯探案的在地化／日本化。

寓除魅與反戰於作品中的多層次傑出仿作

本作中的夏目．福爾摩斯一頭鑽進一場發生於降靈會現場的靈媒師命案，靈媒師被認為掌握了某位參與者的祕密而慘遭殺害。以解謎推理的寫法而言，兇手就在參與降靈會的人們之中，偵探必須先解釋降靈會的超自然現象由何而來，進而解決這樁命案，這是本書身為推理小說第一層的外衣。

然而若細究這個案發現場，就會發現柳廣司如此安排有其用意。眾所週知道爾晚年篤信神祕學，他深信不疑降靈會、招魂術這些現今被認為不科學的儀式，所以當作者選擇這個場合發生命案，不禁使人莞爾；加上故事中降靈會的伎倆被夏目與雷斯垂德探長識破，根本動用不到福爾摩斯出馬，也就是說，在柳廣司的安排之下，道爾不是被福爾摩斯敲醒，而是被二線角色呼了熱辣兩巴掌。這是本書作為「除魅」之用的第二層包裝。

本書讀到最後，發現故事不單單揭發了降靈會內幕、不僅僅破了靈媒師命案，更指出了當年歐洲列強對殖民地的殺戮、戰爭英雄對國家的欺瞞與對朋友的背叛，可說是一部以推理小說包裝的「反戰」作品，此為本書的第三層意義。

一八九九年至一九〇二年在南非爆發了第二次波耳戰爭，表面上是具有統治權的荷蘭人與英國人的戰爭，但再怎麼說，這兩國人都是移民或殖民而來，真正站在該土地上的人，是土生土長的非洲人，然而在戰爭中，非洲人被隱形了，兩強眼中只有自己對殖民地的權利。柳廣司透過艾琳．艾德勒之妹凱薩琳之口，娓娓道出對西方強權的批判。

柳廣司不只將波耳戰爭有功的英國人史丹佛當作小說設定的兇手，連福爾摩斯的原作者柯南・道爾也一併列入批判的對象。英國由於波耳戰爭遭到了全世界的譴責，道爾為此寫了一本名為《在南非的戰爭：起源與行為》（*The War in South Africa: Its Cause and Conduct*）的小冊子為英國辯護，據指出道爾相信正是由於這本書使他在一九〇二年獲封爵位，儘管官方說法是表彰他在戰爭期間的英勇行為。

在正典中的福爾摩斯出生入死，屢屢拯救英國、歐洲乃至於世界免於戰亂，就連二〇一一年的電影《福爾摩斯2：詭影遊戲》（*Sherlock Holmes: A Game of Shadows*）也是遵循這個基調，然而在柳廣司眼裡，柯南・道爾恐怕不若福爾摩斯值得尊敬吧！

與正典人物交織並賦予新風貌的作品

雖然本作中活躍的是夏目・福爾摩斯（而非夏洛克・福爾摩斯），但不能免俗地，寫仿作要訣之一就是重現正典之中的場景、人物、習性等等。福爾摩斯的習性都讓蹩腳的夏目模仿去了，可惜破案的才智模仿不來，每當華生追問案情，夏目的推託敷衍那一套倒是學得十足十，聲稱還有些細節需要查證，不能提前透露真相。就連福爾摩斯有專用偵察犬托比，夏目也有專用的卡羅與傑克。

正典人物出場也是有必要的。促成福爾摩斯與華生分租貝格街的共同友人史丹佛、蘇格蘭警場的雷斯垂德探長、房東哈德森夫人、貝克街的小聽差們、擊敗福爾摩斯的「那位女子」艾琳・艾德勒與其夫婿等等幾位，都在正牌福爾摩斯角遠赴蘇格蘭、而代班福爾摩斯夏目胡搞瞎搞的同時，肩負起稱職配角的角色。

對於正典人物的衍生寫法，或許是本作的最大創意之一。「那位女子」艾琳・艾德勒在離開波西米亞王儲之後的行蹤，在本作中總算有了合理的後續發展，一掃蓋瑞奇電影《福爾摩斯》（*Sherlock Holmes*）或ＢＢＣ《新世紀福爾摩斯》（*Sherlock*）中的惡女形象；福爾摩斯與華生的共同友人史丹佛看起來也不再是無心促成推理史上最佳拍檔的無害好人了，光是這兩點就是極佳的創意。

以讀仿作心態翻開《我是夏洛克・福爾摩斯》，掩卷發現本書遠超過一部福爾摩斯仿作，與夏目驚懾於英國文學之深廣相同，我也折服柳廣司寓理念於小說的高超功力。

本文作者介紹

呂仁，一九七八年生，曾為暨南大學推理同好會與中正大學推理小說研究社成員，現隱姓埋名於楊梅壢老人坑，著有短篇推理小說集《桐花祭》。部落格：《呂仁茶社話推理》http://lueren.pixnet.net/。

國家圖書館出版品預行編目資料

我是夏洛克・福爾摩斯 / 柳廣司著；劉姿君譯.
-- 二版.--.臺北市：獨步文化, 城邦文化出版：
家庭傳媒城邦分公司發行，民102.09
面　；　公分.--（日本推理名家傑作選；42）

譯自：吾輩はシャーロック・ホームズである

ISBN 978-986-6043-59-8（平裝）

ISBN 978-986-6043-59-8
Printed in Taiwan

城邦讀書花園
www.cite.com.tw

日本推理名家傑作選 42　**我是夏洛克・福爾摩斯**

原著書名／吾輩はシャーロック・ホームズである
原出版社／角川書店
作者／柳廣司
翻譯／劉姿君
責任編輯／張麗嫻
編輯總監／劉麗真
總經理／陳逸瑛
榮譽社長／詹宏志
發行人／凃玉雲
出版／獨步文化
城邦文化事業股份有限公司
台北市中山區 104 民生東路二段 141 號 5 樓
電話：(02) 2500-7696
傳真：(02) 2500-1967
發行／英屬蓋曼群島商家庭傳媒股份有限公司
城邦分公司
台北市中山區 104 民生東路二段 141 號 2 樓
讀者服務專線／(02)2500-7718; 2500-7719
24 小時傳真服務／(02)2500-1990; 2500-1991
服務時間／週一至週五：09:30～12:00
13:30～17:00
讀者服務信箱／service@readingclub.com.tw
劃撥帳號／19863813　戶名／書虫股份有限公司
香港發行所／城邦（香港）出版集團有限公司
香港灣仔駱克道 193 號東超商業中心 1 樓
電話／(852) 2508-6231　傳真／(852) 2578-9337
E-mail／hkcite@biznetvigator.com
馬新發行所／城邦（馬新）出版集團
Cite (M) Sdn Bhd
41, Jalan Radin Anum, Bandar Baru Sri Petaling,
57000 Kuala Lumpur, Malaysia.
電話：(603) 90578822　傳真：(603)90576622
E-mail：cite@cite.com.my

封面設計／心戒
印刷／中原造像股份有限公司
排版／浩瀚電腦排版股份有限公司
□2013 年（民 102）9 月二版
定價／260 元

廣　告　回　函
北區郵政管理登記證
台北廣字第000791號
郵資已付，免貼郵票

104台北市民生東路二段 141 號 5 樓

英屬蓋曼群島商家庭傳媒股份有限公司

城邦分公司

獨步文化　　收

請沿此虛線剪下，將活動卡對摺、黏貼後寄回即可

黏貼處

== 獨步 2013 集點送 !==
推理御貓 bubu 的獻身
粉絲限定！專屬於推理迷的 bubu 獻禮

10點 bubu 貓環保筷

15點 bubu 貓馬克杯

20點 bubu 貓書衣

你是個超級日本推理迷嗎？每年總是大手筆購買一脫拉庫的獨步好書嗎？那你就是 bubu 貓要獻身的對象啦！獨步自 2012 年始，新書書末皆附有 bubu 貓點數，集點可兌換 bubu 貓的周邊贈品！

【活動辦法】：即日起至 2013 年 12 月 31 日期間，獨步出版新書書末附有「推理御貓 bubu 的獻身」活動卡一張，每卡附贈一枚 bubu 貓點數（見右下角），將點數剪下貼於下方黏貼處，即可依點數兌換 bubu 貓周邊禮品～

◎ 2012 年度所發送的 bubu 貓點數也可參加 2013 年的集點活動哦！
贈品照片及更詳細活動規則請上獨步部落格：http://apexpress.blog66.fc2.com/

【兌獎期間】：即日起至 2014 年 1 月 31 日（郵戳為憑）

【點數黏貼處】

請沿此虛線剪下，將活動卡對摺，黏貼後寄回即可

【聯絡資訊】（煩請以正楷填寫以下資料，以免因字跡辨識困難導致贈品寄送過程延誤）

姓名：＿＿＿＿＿＿＿＿＿　年齡：＿＿＿＿　性別：☐ 男　☐ 女

電話：＿＿＿＿＿＿＿＿＿　E-mail：＿＿＿＿＿＿＿＿＿＿＿＿

獎品寄送地址：＿＿＿＿＿＿＿＿＿＿＿＿＿＿＿＿＿＿＿＿

【個人資料蒐集告知事項】為提供訂購、行銷、客戶管理或其他合於營業登記項目或章程所定業務需要之目的，家庭傳媒集團（即英屬蓋曼群島商家庭傳媒股份有限公司城邦分公司、城邦文化事業股份有限公司、書虫股份有限公司、墨刻出版股份有限公司、城邦原創股份有限公司），於本集團之營運期間及地區內，將以 mail、傳真、電話、簡訊、郵寄或其他公告方式利用您提供之資料（資料類別：C001、C002、C003、C011 等）。利用對象除本集團外，亦可能包括相關服務的協力機構。如您有依個資法第三條或其他需服務之處，得洽詢本公司服務信箱 cite_apexpress@cite.com.tw 請求協助。

☐ **我已詳讀權利義務之相關條款，並同意遵守。**

黏貼處

【注意事項】 1. 本活動限臺澎金馬地區讀者參與。 2. 參加者請務必留下有效郵寄地址，若贈品無法投遞，又無法聯絡到本人，恕視同棄權。 3. 本活動卡及 bubu 貓點數影印無效。 4. 獨步文化保留變更活動辦法的權利。

歡迎加入獨步臉書粉絲團　獲得最快最新的出版資訊！bubu 在臉書等你呦～
獨步粉絲團：https://www.facebook.com/APEXPRESS

◀歡迎剪下我

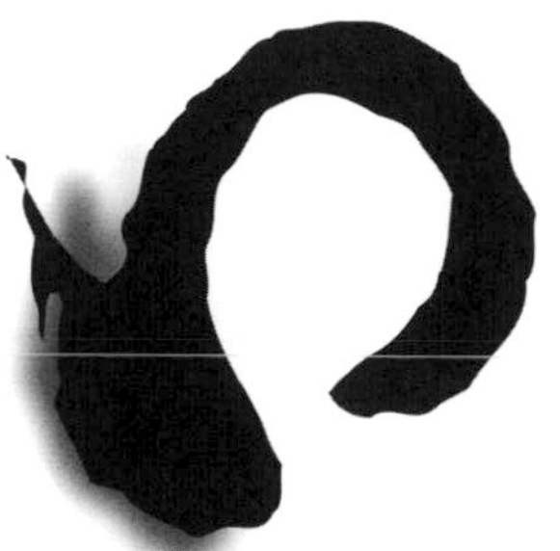

動了。

那個人肯定是老媽，因為我感覺到她所散發出來的惶恐情緒，我甚至幾乎可以聽見她壓力破表的聲音。老爸站在她的身旁，手臂搭在她的肩膀上，可是老爸的神情看起來與老媽完全相反，對於我即將要做的事，老爸顯得既冷靜又興奮。

我花了太多的時間盯著老爸和老媽看，沒注意到音樂已經開始，提醒我大展身手的時刻已到，限時兩分鐘。然而我實在無法忽視老媽對我的影響，畢竟我被她牢牢操控的時間長達十四年，即使是現在，即使她遠在三十公尺之外，我仍舊無法掙脫她的掌控。

台下的觀眾開始躁動不安——雖然他們沒有噓我或是起鬨，但是我知道假如不馬上開始，很可能會失去他們對我的支持。我的手緊握著滑板，提醒我應該怎麼做，但就是無法將老媽擔憂的神色趕出腦袋。

群眾之中開始有人慢慢拍手，不一會兒就有越來越多人跟著做，讓我整個人充滿慌恐。我的目光又回到老媽身上，她的表情就像我此刻一樣驚慌，但是老爸顯得不慌不亂，臉上露出滿心支持的笑容。他以雙手拱在嘴邊，朝著我大聲喊出了幾個字。我以前從來不知道，老爸的聲音竟然可以如此宏亮。

「加油！查理。加油！」

太好了，這就是我需要的！我發出一聲怒吼，把滑板扔到腳下，然後用力一推，不僅感受到風對我迎面吹拂，滑板平台的牆面也開始變得模糊。但是，當我滑到坡道底部時，我發覺自己錯估了平衡點，因此當我繼續溜向平台頂端的時候，滑板便從我的腳底下滑開了。滑板繼續向天空飛去，

我則重重往後跌。

我跌下來的時候連忙護住自己，但是完全不知道要滾多久才會抵達滑坡底部。總之，我明白自己勢必會滾到平台的最底端。這時老媽的身影又閃現在我的腦中，我想像她衝過來接住我，但如果這種想像成真，並不會讓我覺得好過一些，再說，世界上沒有人可以跑得那麼快。

我的背重重跌在滑板斜坡的底部，當場感到身體傳來一陣劇痛。我聽見自己哀嚎了一聲，接著回音又從人群那頭飄回來。我發誓，當時我以為自己這輩子再也動彈不得。本來我以為觀眾會發出恥笑我的聲音，但是完全沒有，現場頓時安靜得像空無一人。我唯一聽見的聲音，是滑板的四個輪子繼續在木頭坡道上轉個不停所發出的聲響。

滑板溜到我的手臂旁，我一把抓住它。突然間，我聽見有一個人對著我大聲吶喊。是席納斯。

「站起來，查理！站起來。」

就在那一秒鐘，我突然感覺到一股不知道從哪裡來的力量，讓我翻過身子側向一邊。儘管我偷偷呻吟著，但是疼痛無法阻擋我點燃重新嘗試的火苗。在我還來不及開始思考之前，身體已經離開了坡道。我先以雙手和雙膝撐著地面，然後手腕用力一撐、膝蓋打直，就站了起來。當我站直身體的時候，雖然痛得想要大叫幾聲，但是我依舊毫不遲疑的往滑板平台的頂端走去，手裡當然拿著我的滑板。

雖然我的耳朵不斷聽見自己心臟狂跳以及血液沸騰的聲音，但是這些聲音沒有遮掩住人們為我歡呼的喝采。越來越多人發出鼓勵我的吶喊聲，也有人因為難以置信而發出驚嘆聲。這些聲音越來越響亮，最後匯聚成巨大的狂吼，讓我充滿了動能，一路跑上滑板平台。

原本我可以攀著壁架爬上去，但是我不確定自己的力氣夠不夠。因此，既然坡道的牆面是垂直的，我乾脆往上一跳，同時把滑板墊在腳下，雙手往兩側張開，假裝自己提著外賣的餐點，希望藉此保持平衡。

我辦到了。當我往下滑動時，微風撲在我的牛仔褲上。雖然我的速度還不夠快，沒辦法利用風的力量增加動能，但是我知道，只要再推一次就能達到我需要的速度。我盡可能蹲低身體，再次往下滑去，等到我又溜至平台頂端時才將身體打直。我的滑板很聽話，乖乖配合著我的動作。

我實在無法告訴你們那是什麼樣的感覺，就算有一整頁的篇幅也不夠我描述那種陶醉、放鬆和興奮感。總之，我知道自己已經累積足夠的動能，現在我該做的，就是不要錯失運用這股動能的機會。

我的速度一秒接一秒開始變快，信心也開始漸漸增強。我集中注意力，心裡想著原本的計畫：在每一次翻轉時，一定要盡可能讓身體飛得更高。

我開始越玩越開心，一下子在翻轉時伸手替滑板轉向，一下子只用一隻腳保持平衡，我甚至用腳把滑板踢向空中，但是依舊對它掌控自如。我的表現越來越順利，觀眾也全對著我歡呼，就算是沒鼓掌的時候，也不忘高舉雙手為我加油。

他們的心全部緊繫在我的身上，即使我沒有低頭望向他們，也可以強烈感受到他們投射而來的關注。

就在這個我終於被大家接受的終極時刻，我才終於明白：我根本一點不在乎大家怎麼看我！很諷刺吧？反正我已經知道自己在做什麼，而且也知道自己做得相當好。如果台下的觀眾因此也想加

入玩滑板的行列，或者想在比賽結束之後過來拍拍我的背，對我而言都沒差，因為我確定自己不需要他們的祝賀，我知道自己已經做到了。

不過，我還是相當在意某些人的意見。雖然我在滑板平台上的時間很短暫，但我還是迫不及待想知道他們對我的評價。

因此當我張開雙手完成最後一次翻轉之後，我踩著滑板溜到坡道底端，安全的停下來。觀眾再次發出歡呼，讓我忍不住展開笑顏。當我瞥見席納斯正在和他身旁的女孩子認真聊天時，我笑得更加開心了。席納斯伸出一隻手指著我，另一隻手則指著他創作的塗鴉壁畫。那個女生可能已經對席納斯留下深刻的印象了，但也可能還不一定，我不確定。我想大概還要好長一段時間，我才能對女生有更進一步的認識，就像我對滑板的認識程度。而且我不認為席納斯在這方面會是一個好老師，所以我還是讓他和那個女生繼續慢慢聊吧。

接著，我開始在歡呼的人群中尋找老爸和老媽的身影。

最後我終於找到他們了：老爸的臉被不停鼓掌的雙手遮掩而變得模糊，但是我仍然可以看見他臉上帶著微笑，並且不斷為我叫好。

我最想知道的，其實還是老媽的反應。儘管老媽沒有拍手，也沒有為我大聲叫好，但是我知道我的滑板表演讓她留下了非常深刻的印象，這是一直以來我夢想達成的結果。老媽站著那裡，將她的手高高舉起，指向天空。她臉上掛著的眼淚並不是出於悲傷，而且她面帶微笑。

看見這一幕，我覺得一切的努力都已經值得了。

我大概只剩最後幾秒鐘的時間，但是我還不想離開這座滑板平台。起碼現在還不是離開的

時候。

我知道自己剛才的表現沒有辦法在這場比賽中勝出，而且就算我再繼續溜上一個小時，也不可能拿下冠軍。

但是我還想要再來一次。

於是我興奮的對著空中揮舞幾拳，擠破我肩膀和膝蓋上那些裝飾用的泡泡紙，便再度與我的滑板一同展開旅程。我開心的笑著，一面在坡道上上下下來回滑動。

這不是我飛騰得最高的一次，但是沒有關係。

因為，當我飛躍到高點的那一刻，我想起了朵拉阿姨。而且，我發誓，在那一瞬間，她先抱住了我，然後才輕輕放下我，讓我安全的回到地面。

精采回響

失敗即放棄，但成功的法則卻是再來一次！

◎王聖婕（屏東縣大同高中）

外國人對亞洲人的刻板印象通常有兩點：個子矮小和中國餐館。主角查理很不幸的符合這兩項，再加上被霸凌者通常是因為跟別人長得不一樣，而成了書中查理的處境。「泡泡紙男孩」韓查理在家中受到過度的保護，讓他極度渴望掙脫束縛後的自由，但是當他走進校園，卻受到眾人的嘲笑和欺侮，這些事情就像一層又一層難以突破的泡泡紙，阻礙他的自由和成長。

《泡泡紙男孩》提到幾個青少年在成長過程中可能遇到的狀況，像是避而不談，有如不定時炸彈般的家庭問題，以及被霸凌者想要獲得尊重，卻傷了友誼的舉動。這些事情不能期待童話中的萬能幫手替我們處理，是屬於每個人自己的人生課題。也許你可以向外尋求幫助或意見，但最終的關鍵仍舊繫在自己的身上。可能會失敗，可能會很痛，可是這值得我們去爭取，只要在每一次被擊倒之後重新站起來，對方總是會有妥協的一天。

成長階段總是會出現許多問題，這些問題不僅屬於像查理這樣的青少年，父母也應該學會用什麼樣的態度去處理，雙方都不該把問題藏起來避而不談，要好好的溝通，找出對彼此都好的解決方

法。我想，應該會有很多人在一邊閱讀這本書的時候，一邊點頭說：「對對對，我也一樣。」而作者的用意，就是希望這些人看完這本書之後，勇敢面對成長中的問題和挫折。

◎連庸佐（屏東縣大同高中）

讀完《泡泡紙男孩》，最令我印象深刻的段落是查理接到了橡樹園護士打來的電話，得知媽媽隱藏如此天大的祕密而感到震撼。從這一幕進入了故事中的高潮，進一步為故事增添緊張的氣氛；為後面查理的夢想實現，形成一道高度未知的牆。

在故事中，查理的很多想法都來自於無意間的一個動作，例如他看到滑板少年從他身旁呼嘯而過，因而發覺滑板是他人生中的轉機，即使滑板也讓他在學校中被取笑，甚至因而踏上「羞恥之路」。但查理重新用滑板證明自己也有優點和才能，勇敢的回到學校，並且勇於追尋夢想，不再畏畏縮縮，一無所懼的替自己找到出口。

故事中的每一章節，幾乎都細膩的刻畫了查理和他朋友席納斯，以及過度保護他的媽媽。媽媽不管何時都想要保護他的心，是由於多年前查理的阿姨朵拉帶給媽媽的警訊，使媽媽對查理從來都沒有鬆懈過。作者將查理比喻成像泡泡紙般易破，也呈現出泡泡紙是可以讓查理媽媽放心的保護措施。

書中的文句給了我很大的省思，媽媽的反覆叮嚀，其實出自於想要保護子女的心。從現今的社會也處處可見，父母每天過著提心吊膽的生活，由於過度的保護可能會延伸出孩子未來的成長問題，例如過於依賴、禁不起挫折或無法獨立等，漸漸成為「尼特族」形成的因素之一。我覺得，其

實應該多聽孩子的心聲，才能為孩子做最好的打算。

《泡泡紙男孩》貼近青少年的生活，摻雜著詼諧。生動的人物描寫、充分的情感表達，以及青少年常碰到的成長困境；讀著也喚起自己的記憶，省思自己的一舉一動，是一本值得青少年閱讀的啟蒙書籍。

◎許琇閔（新北市丹鳳高中）

「涓滴之水終可以磨損大石，不是由於它力量強大，而是由於晝夜不捨的滴蝕。」貝多芬曾說過這句話。人生最重要的並非天賦，而是殘缺後彌補的完美。很多人也許先天有不足之處，多數人選擇自怨自艾。

《泡泡紙男孩》的主角查理選擇拋開自己的不完美。也許父母擔心他受傷，細心呵護他長大，讓他覺得自己很不自由，彷彿天空離他很遙遠，看見的只是狹小的空間。但他想飛，想出去闖蕩，不想讓人生無意義的度過。他找到了自己的興趣：滑板。在享受興趣的當下，要突破重重難關。

然而，一切並非如此順遂，但他不想放棄。即使所有人都唾棄他，但他選擇給自己力量往前走，最終在比賽中找到了信心。即使途中失敗過，但可貴的是那分熱情與執著的心。

人的一生有幾次放手一搏的機會？我們應該好好把握住、證明自己的實力，也許這才是人生最值得的地方。沒有大風大浪，怎麼能稱為人生？挫折人人都會經歷，選擇權在自己手中。查理克服自身缺陷，選擇突破自己，最終得到掌聲，得到了不後悔與一分可貴的經驗。失敗即放棄，但成功的法則卻是再來一次。

◎黃昱豪（新北市丹鳳高中）

童年應該是一生中最無憂無慮的時光，但是對查理而言卻不是。在成長的過程中，身旁總有人會遭受霸凌，當然也可能是自己。而本書真實赤裸的描寫被霸凌者可能面對的不堪，是我以前從未設身處想過的。原來，我以前認為的悲慘可能不足掛齒，因為，當我真正投入書中描寫的霸凌模樣時，我沒有心情去思索如何形容。但是，《泡泡紙男孩》卻傳遞了相當正面的能量，主角面對欺凌不是懦弱投降，而是誓言要自立自強、擺脫夢魘。作者並沒有把這看似悲慘的小人物給定案，相反的，他告訴讀者：可以變好的。他告訴讀者，除了要有自己的信念之外，也要能夠感受身邊的一切。就像主角受到滑板男孩的啟發一樣，要能夠鍥而不捨的突破現在的困境。

《泡泡紙男孩》其實適合很多人閱讀，不管是有相同經驗的，或者完全沒有經驗的。如果有這樣的經驗，這本書將會是一本不錯的參考書，當然本書的啟示絕對不只適用於一種情形；如果是沒有經驗的，可以透過本書想想如何幫助身邊這樣子的人，協助他們活出精采生命。

小麥田

故事館15

泡泡紙男孩（二版）

The Bubble Wrap Boy

作　　者　菲力・厄爾（Phil Earle）
譯　　者　李斯毅
封面設計　達　姆
責任編輯　丁　寧（初版）、汪郁潔（二版）

國際版權　吳玲緯　楊　靜
行　　銷　闕志勳　吳宇軒　余一霞
業　　務　李再星　李振東　陳美燕
總 編 輯　巫維珍
編輯總監　劉麗真
發 行 人　凃玉雲
出　　版　小麥田出版
10483台北市中山區民生東路二段141號5樓
電話：(02)2500-7696
傳真：(02)2500-1967
發　　行　英屬蓋曼群島商家庭傳媒股份有限公司
城邦分公司
10483台北市中山區民生東路二段141號11樓
網址：http://www.cite.com.tw
客服專線：(02)2500-7718｜2500-7719
24小時傳真專線：(02)2500-1990｜2500-1991
服務時間：週一至週五09:30-12:00｜13:30-17:00
劃撥帳號：19863813　戶名：書虫股份有限公司
讀者服務信箱：service@readingclub.com.tw
香港發行所　城邦（香港）出版集團有限公司
香港九龍九龍城土瓜灣道86號順聯工業大廈6樓A室
電話：(852)2508-6231
傳真：(852)2578-9337
讀者服務信箱：hkcite@biznetvigator.com
馬新發行所　城邦(馬新)出版集團 Cite (M) Sdn Bhd.
41, Jalan Radin Anum, Bandar Baru Sri Petaling,
57000 Kuala Lumpur, Malaysia.
電話：(603) 9056 3833傳真：(603) 9057 6622
讀者服務信箱：services@cite.my
麥田部落格　http:// ryefield.pixnet.net
印　　刷　前進彩藝有限公司
初　　版　2015年8月
二　　版　2023年12月
售　　價　360元

ISBN 978-626-7281-42-0
EISBN 9786267281413 (EPUB)

國家圖書館出版品預行編目資料

泡泡紙男孩／菲力・厄爾（Phil Earle）著；李斯毅譯. -- 初版. -- 臺北市：小麥田出版：家庭傳媒城邦分公司發行, 2023.12
面；　公分
譯自：The bubble wrap boy
ISBN 978-626-7281-42-0（平裝）

873.59　　104012996

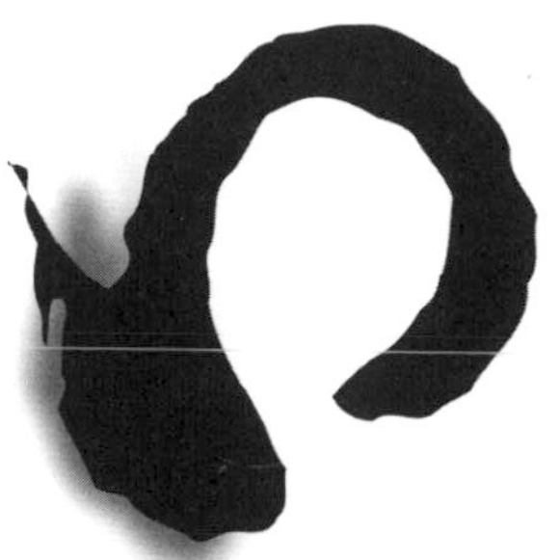